主　　编：王新玲
采　　访：钟　磊　韩　雪
撰　　稿：韩　雪
图片编辑：徐曦嘉
视频摄制：王宇飞　郭乐天
Jack Le Sueur（杰克·拉索尔，英国）
运营推广：栗盼盼　任柏鑫

视频书
vBook

5,000 Miles to China

Global Perspectives on the Global Development

从世界到中国

——发展与梦想

中国外文局融媒体中心◎编

人民出版社

前　言

党的十八大以来，习近平总书记在不同场合多次强调：中国的发展离不开世界，世界的发展也需要中国。随着全球化 4.0 时代的到来，国与国之间的联系日益紧密，利益交融，休戚与共，中国也将以前所未有的速度和程度与世界加速融合。改革开放 40 多年来，中国的经济和社会发展取得了巨大成就，国际地位显著提升，一个开放、创新、自信的中国在世界舞台上发挥着越来越重要的作用。习近平总书记指出，当前中国处于近代以来最好的发展时期，世界处于百年未有之大变局，两者同步交织、相互激荡。站在新的起点上，中国应该以怎样的姿态面对世界，讲好中国故事，传递中国声音？

借亚洲文明对话大会和第三届“一带一路”青年创意与遗产论坛举行的契机，我们采访了多国政要、学者，听他们讲述与中国的故事，讨论中国的发展，听他们对中国问题的建言献策。青年是国家的未来，也是世界的未来，“一带一路”沿线各国青年间的文化交流对于促进各国文明互信，加快人类命运共同体从愿景到现实的转换具有特殊的意义。2019 年春天，来自 85 个国家的 125 名青年汇聚中国，我们采访了其中 40 名来自世界各国的青年人，听他们对自己、对国家、对这个世界的梦想和期待，感受他们眼中中国的样子。

从世界到中国——发展与梦想

在对政要、智库大咖的采访中，我们听到了他们和中国的很多有趣的故事。他们中的很多人早在20世纪70年代就来过中国，其中巴基斯坦参议院参议员穆沙希德·赛义德曾先后87次到访中国，泰中友好协会主席功·塔帕朗西来过中国100多次，他们对于改革开放40多年来的中国发展变化很有发言权。“奇迹”和“赞叹”是他们用得最多的字眼。西班牙前驻华大使欧亨尼奥·布雷戈拉特在接受采访中说，中国仅仅用了一代人的时间就实现了西方国家上百年才能实现的发展目标，这是不得不让人赞叹的奇迹。

谈到中国能够实现快速发展的原因，他们认为，中国共产党的领导和全国人民团结一致的努力起决定性作用。中国共产党在社会各领域的正确领导和指引，具有中国特色的社会主义经济、政治体制确保了党和政府可以调动一切有利的人力物力资源集中力量搞发展，人民是团结的并且往一个方向努力，在他们看来，这样的发展道路想不成功都难。在采访中，英国东亚委员会秘书长麦启安指出，中国人的DNA里就有着高度的技术文明，古代的中国为世界贡献了太多的技术发明创造，他们擅长完成规模庞大且艰巨的工程，比如大运河、长城。现代中国取得成就，不能不说是中华民族五千年来坚韧不拔、创新精神的延续。

对于国际社会中存在的对“一带一路”倡议误读的声音，我们也请教了受访嘉宾们的看法。其中法国桥智库主席Dr. Joël Ruet（周瑞）博士给了我们一个很有启示的观点，他认为之所以有这些误读，源于东西方文化认知建构的冲突而不是东西方文明的冲突。西方的政治哲学自18世纪启蒙运动以来，就更具有分析特征，擅长把事物分割对待，而东方思维提倡的是整体看待事物并加以分析。但是东西方都必须明白，无论是个体分析还是整体看待，都只解读了真理的一部分。麦启安认为，中国应该运用改革开放的思维，在传播领域也进行一次创新，以西方能够理解的方式传达自己的观点。

与各国青年的对话中，他们聊了对自己的期望，对所在国家的期望，对世界格局的看法，以及对未来世界的愿景。这些青年有的来自发达国家，有的来自发展中国家，还有的来自战乱地区。与我们之前的预想不同，他们对世界的期望都有一个共识，那就是期盼一个更加包容的世界，在那个世界里，人们不会因为彼此国家的经济发展程度不同、文化差异、宗教信仰不同而相互割裂甚至敌对，每个民族都有平等的机会，国家之间的人员流动是自由的，人与人之间的交流是畅通无阻的。关于中国的发展，这些青年们都竖起了大拇指，希望中国能将自己的发展经验分享给更多欠发达的国家，帮助他们实现强国之梦。

本书缘起一个多语种短视频项目《从世界到中国》（*Five thousand miles to China*），该项目由中国外文局融媒体中心策划执行，于2017年10月推出，已持续两年多时间。该系列产品推出后，在国内外社交媒体网站上引起强烈反响，观看量互动量都创出新高。人们愿意听中国发展的故事，并希望从中获得经验和启示，这让我们一鼓作气，将采访素材重新整理汇编成书，希望能覆盖更多的受众，为讲好中国故事尽一份力。

谨以此书献给每一位为中国融入世界以及让世界了解中国做出贡献的人。

目　录

从世界到中国——发展与梦想

从世界到中国——发展与梦想

下　篇　“一带一路”青年创意与遗产

我希望这个世界能更加包容，人们能彼此合作。这样的合作超越种族，超越宗教，超越国家。

071 / 我希望这个世界没有性别歧视、就业机会均等

——Brunei（文莱）: Amal

我希望看到一个更加包容、更加开放的世界。我希望这个世界没有性别歧视，人人都有均等的就业机会。总的来说，我期待一个更美好的世界。

073 / 我希望人们能接纳不同的文明

——Indonesia（印度尼西亚）: Mariyam Yasmin Baagil

我希望世界能更包容，人们能接纳不同的文明，对他国的文化多一些包容和理解，以便更好地了解彼此。

075 / 我希望人们都能忠于内心

——Uzbekistan（乌兹别克斯坦）: Shakhzoda

我希望在未来，人们都能忠于内心，追随自己最真实的梦想和目标，而不是一些肤浅的物质性的事物。

077 / 我希望人们都能回归本真

—— Lattvia（拉脱维亚）: Ervins Gorelovs

我们有社交网络、微信、脸书，但是人们似乎忘记了如何进行有效的交流沟通。我希望未来人们能回归本真，科技的发展不应让人们忘记最简单的技能。

080 / 我希望世界更加公平

——Trinidad and Tobago（特立尼达和多巴哥）: Shari Petti

从世界到中国——发展与梦想

我希望未来的世界能够更加公平，同时，我希望能消除战争，全世界的人们都能好好相处，接受彼此的差异，和谐共存。

082 / 我希望不同国家、不同宗教信仰的人们可以相互交流

——Tajikistan（塔吉克斯坦）: Svetlana Babina

我的愿望是不同国家、不同宗教信仰的人们可以相互交流，共同推动国家间友好和平关系的发展。

085 / 我希望所有家人可以团聚

—— Cuba（古巴）: Edurado Rencurrell

我希望世界变得更包容、平等，人们之间的贫富差距不再悬殊，大家的基本生活需求都可以得到满足，每个人都可以接受教育，享有医保。

087 / 我希望世界可以无国界

——Dominican Republic（多米尼加共和国）:Denisse Gonzalez

我希望世界可以无国界，人与人和谐共处，没有歧视和偏见，就像一个大家庭。

089 / 我希望人人都有平等受教育的机会

——Mongolia（蒙古国）: Undariya Rinchin

我希望这个世界没有战争，人们都有平等受教育的机会。我认为教育非常重要，教育发展地好，才能培养出更多高素质的人才，实现更多可持续发展的目标。

091 / 我希望未来的世界充满爱与和平

—— China（中国）: 陆思敏

101 / 我希望世界是和平的、充满创造力的

—— Myanmar（缅甸）: MinnAr Kar Tek

我自己的梦想是成为一名老师，和孩子们分享艺术与知识。我相信（未来的世界会是）和平的、充满创造力的。

103 / 我希望每个人感激自己所拥有的

—— Poland（波兰）:Anna Maria Tomczak

我环游世界，遇到很多快乐的人，但他们并不是因为财富而快乐，他们感到快乐，仅仅因为他们是生活在这个世界的人。

105 / 我希望能传递中国声音

—— China（中国）: 蔡晓倩

中国在许多领域都做得非常好，我希望中国能积极，推动"一带一路"倡议发展，传递中国声音。我们关注的不是中国梦，而是世界梦。

107 / 我希望人们可以自由通行

—— Morocco（摩洛哥）: Salma Takky

我的梦想是环球旅行。我希望未来的世界没有边界，人们可以自由通行。

110 / 我最大的梦想就是和平

—— Ukraine（乌克兰）: Lev Tyrnov

我的梦想是未来每个人都能拥有平等机会，世界成为一个共同体，人们不管来自哪里，想要做什么，都能有机会去实现目标，追求梦想。当然，和平是第一要义。

从世界到中国——发展与梦想

从世界到中国——发展与梦想

145 / 我想了解别国文化，也传播中国文化

——China（中国）: 冯叶

世界各国的文化会有很多差异，也会有很多相似之处。不同文化之间是相互吸引、相互影响的。在未来，我要成为一名优秀的翻译，去了解别国文化，也传播中国文化。

147 / 让世界各国的人平等享有机会

—— Bahamas（巴哈马）: Jamaal Rolle

我想让这个世界变得更好，我们生活在同一个世界，也有一个共同的梦想，那就是让世界各地的人们能平等享有机会。

149 / 我希望世界和平有爱

——Trinidad and Tobago（特立尼达和多巴哥）: Paul-Robert Pryce

我希望拥有一个和平有爱、求同存异的世界。细心观察你会发现，不同文化背景的人们其实有许多相似之处。所以，我认为在未来人们可以求同存异。

上　篇

亚洲文明对话

中国道路的成功改变了西方人的认知

——专访西班牙前驻华大使欧亨尼奥·布雷戈拉特

◆ 欧亨尼奥·布雷戈拉特

历史上第一次，一个社会主义国家创造出巨大的财富，使数亿人摆脱了贫困，并实现了现代历史中最快最大规模的经济发展进程。中国已经改变了西方关于这一点的固有认知。

欧亨尼奥·布雷戈拉特是一位资深外交官，曾三次担任西班牙驻华大使，时间分别是1987—1991年、1999—2003年和2011—2013年。某种意义上，布雷戈拉特见证了中国改革开放以来的发展进程。在他看来，中国独有的发展道路是中国取得巨大成功的原因之一，中国用自己的实际行动证明了西方固有思维的错误。关于中国和西班牙两国关系的发展，他认为旅游业是联系两国最主要的纽带，两国应大力发展旅游业。

记者：您第一次来中国是什么时候？您对当时的中国有什么印象？

欧亨尼奥·布雷戈拉特：我曾经三次作为西班牙驻华大使在中国工作和生活。第一次是从1987年到1991年，一共四年半的时间；1999年到2003年，我第二次作为驻华大使来到中国；第三次是从2011到2013年。

我在亚洲生活了12年，时间跨度将近30年。在此期间我看到了中国举世瞩目的发展，也见证了中国和世界的发展变化。

据世界银行的统计，1978年，中国的人均收入在150美元左右；现在中国的人均收入超过了10000美元。（2018年中国人均国民总收入达到9732美元——编者注）。中国在一代人的时间里完成了绝大多数国家要耗时一个世纪才能完成的事情，这很令人惊讶。

以前在西方普遍存在的观点是，只有西方式的自由民主国家才能创造出巨大的财富。现在，中国已经证明这个看法是错误的。历史上第一次，一个社会主义国家创造出巨大的财富，使数亿人摆脱了贫困，并实现了现代历史中最快最大规模的经济发展。中国改变了西方关于这一观点的固有认知。

记者：在您看来，中国取得成功的原因是什么？

欧亨尼奥·布雷戈拉特：有很多原因。首先，中国成功地创建了一种经济模式，即市场和国有经济相结合的模式。中国的国有经济很强大，它对GDP的贡献高达1/3，并有一支水平一流的管理团队。

其次，中国还有由众多企业家管理的市场经济个体，这也是一流的。还记得多年前，一位日本驻华大使告诉我："所谓的经济猛兽不是日本，不是韩国，而是中国。"中国人骨子里有企业家特质，当他们巨大的潜能被释放时，就能创造出巨大的财富。而政治体系的有效运转，使得强大的国家力量能够引导市场上所有的创造力往正确的方向努力。

当然还有其他原因。亚洲人特别是中国人工作非常努力，现在很多中国公司都在实行"996"工作制。而欧洲人通常每年有一个月的年假，圣诞节、复活节也都会放假，时不时还有很多小长假。有一种说法很形象，欧洲人期盼每周工作 35 个小时，中国人恨不能每天工作 35 个小时。

我的儿子长居上海，他对我说："爸爸，你有没有觉得在中国生活到处都能感受到活力和能量，回到欧洲就感觉有点儿死气沉沉的？"欧洲在这一方面做得不如中国，我们太放松了，我们把太多的时间和精力花在享受生活上，而不是投入到努力工作中。

记者：您觉得如何能够更好地促进中国和西班牙两国人民的沟通和交流？

欧亨尼奥·布雷戈拉特：旅游业的发展很重要，旅游的过程就是对目的国增进认知和了解的过程，也能促进人与人之间的沟通和交流。在过去的几年时间里，旅游业一直是联系中国和西班牙的主要纽带，西班牙也迎来了越来越多的中国游客。2018 年去西班牙旅游的中国游客数量大约是 70 万人，2020 年这一数字有望突破 100 万大关，这有非凡的意义。中国人爱西班牙，就像我们爱中国一样。

记者：您如何看亚洲文化和西方文化的差异？

欧亨尼奥·布雷戈拉特：很明显，亚洲文化少了一些西方文化中强调的对立。亚洲文化是一种共性文化，强调团结而不是分裂。西方看重冲突，亚洲看重合作。西方文化认为性本恶，亚洲文化则推崇性本善，这确实是两种不同的价值理念。但是必须认识到，不同文明和文化之间需要互相尊重，因为真理并不是唯一的，任何人都无法垄断真相。现在亚洲尝试将自己的理念传播到西方，以实际行动为文明对话树立典范，我认为这是很有建设性的举措。

延伸阅读：

1. 根据国家统计局数据，2018 年我国人均国民总收入达到 9732 美元，高于中等收入国家平均水平。

2. 据《2018 年中欧旅游大数据报告》，2018 年，中国游客在欧洲旅游十大热门目的地国家中，西班牙排名第六位，中国赴西班牙旅游人数同比增长 165%（2017 年，中国共有 71.8 万名游客赴西班牙旅游——编者注），增幅居第四位。观看足球赛，乘坐直升机游览巴塞罗那和海岸线成为中国人赴西班牙旅游的热门项目。西班牙的圣家族大教堂、巴特罗之家、米拉之家、奎尔公园、马德里王宫都是中国游客赴西班牙旅行的重点景观。

◆ 穆沙希德・赛义德

我们欢迎中国和平发展

——专访巴基斯坦参议院参议员、外交事务委员会主席穆沙希德・赛义德

“一带一路”不是小圈子，而是大家庭。通过“一带一路”倡议，中国为亚洲乃至世界的和平、进步与繁荣发挥了重要作用，巴基斯坦从中巴经济走廊中受益颇多。

巴基斯坦参议院参议员、外交事务委员会主席穆沙希德·赛义德曾先后87次到访中国，他见证了中国改革开放40多年来的发展变化。赛义德同时还担任中巴经济走廊议会委员会主席。他表示，中巴经济走廊已经成为“一带一路”建设的旗舰项目，成为“一带一路”上一个非常成功的故事。

记者：您第一次来中国是什么时候？您最喜欢中国哪些地方？

穆沙希德·赛义德：我曾先后87次到访中国。我第一次来中国是在40多年前，那时我还是一个年轻人。我很喜欢广州，广州这座城市给我的感觉是轻松愉悦的，我喜欢广州的美食。我也喜欢西安和北京。北京这些年的发展变化让我很惊讶。

记者：您觉得这40多年来，中国最大的变化是什么？

穆沙希德·赛义德：20世纪70年代我第一次来中国的时候，中国还远远不是现在的样子。当时政局动荡，人民生活困苦，经济十分落后，在国际上也很孤立。当时，巴基斯坦和中国就是互相支持的好朋友，这一点是始终不变的。

我见证过毛主席、周恩来总理和朱德元帅时代，也见证过邓小平时代，如今我们迎来了习近平主席的新时代。中国人民的生活水平发生了翻天覆地的变化，过去生活在贫困中的7.5亿人口如今成功脱贫致富，过上了更好的生活，完成这个过程中国人只用了一代人的时间。

此外，中国在国际上也取得了举足轻重的地位。如今世界经济全球化深入交错，已经形成了你中有我我中有你的格局，而全球经济增长中有30%是中国贡献的。中国国内的局势也在发生变化，作为涉及70多个国家的“一带一路”倡议的领头人，中国的外交政策也越来越包容（截至2019年4月30日，中国已经与131个国家和30个国际组织签署了187份共建“一带一路”合作文件——编者注）。最重要的一点是，我们看到中国在和平发展。

中国从未诉诸武力或者威胁要诉诸武力，这一点很重要。

记者：您觉得中国能取得今天的发展成就，动力是什么？

穆沙希德·赛义德：我认为中国共产党在其中起了决定性作用。我了解过中国历史，1937 年日本侵略南京并进行惨无人道的屠杀，20 世纪 40 年代的上海，有法租界、美租界、德租界和英租界，那时的中国是一个支离破碎、主权丧失的国家。中国共产党在 70 年前的 1949 年，解放了中国，使中国摆脱了帝国主义、殖民主义、封建主义三座压在中国人民头上的大山。

正如习近平主席在第二届“一带一路”高峰论坛上发表的演讲中所谈到的，中国人民站起来了，他们掌握了自己的命运。我认为这很关键。

记者：近年，国际舆论对“一带一路”倡议有一些不同的声音，您怎么看？

穆沙希德·赛义德：我可以给你举个例子。《纽约时报》关于中国改革开放发表了一系列文章，其中有一个专家说，我们以前认为邓小平的改革开放是注定要失败的，我们一直在等待中国道路的失败，我们到现在还在等待。事实已经说明了一切。

第二，中国的和平发展为亚洲其他发展中国家，尤其是像巴基斯坦这样的国家提供了信心和力量，我们对此是很欢迎的，这是我们力量和信心的源泉。而那些主导世界的霸权国家感受到了威胁，他们的批评和质疑并不是基于事实的，而是有强烈的政治目的的。他们想煽动世界范围内对中国的恐惧情绪，即所谓的“中国威胁论”，并由此来维护自己的核心价值和意识形态。

“一带一路”并不针对任何国家，而是欢迎各个国家参与。正如习近平主席所说，“一带一路”不是小圈子，而是大家庭。通过“一带一路”倡议，中国为亚洲乃至世界的和平、进步与繁荣发挥了重要作用，巴基斯坦从中巴经济走廊中受益颇多。

中国官方对于西方一些负面舆论回应得太慢了，而且有些回应十分地冗长和官方。必须快速回应，这是社交媒体的时代，24 小时全天候运营的数字化媒体时代，新闻传播速度非常之快，中国的媒体要以极快的速度作出回应，在中国也好，在周边“一带一路”共建国家也好，基于事实、逻辑和智慧进行有效回击。群众的眼睛是雪亮的，真理越辩越明。

我曾经是一名巴基斯坦记者，也曾经是巴基斯坦信息部部长。巴基斯坦曾饱受外界舆论之苦，我们也使用过各种方式努力回应。快速反应是至关重要的，我们要用事实、逻辑和智慧来应对。这需要全面制定策略，需要团队合作，需要做功课，一国之力还不够，其他伙伴也得一起加入这个战役。

我们也需要在全球不同地方进行回击。如果你看过《纽约时报》等西方报道就会知道，他们经常有关于中国的负面报道，关注的大都是一些微不足道的事，这就是西方媒体传播的手段。我们要从中学习，快速应对，富有创造性、想象力，打破固有思维。

记者：您如何看亚洲文明的共同点和不同之处？

穆沙希德·赛义德：21 世纪是亚洲的世纪，亚洲正在复苏。亚洲文明历史悠久，充满智慧，有着丰富的文化和历史遗产，既多样又统一。亚洲不同的地区有不同的文明，它们与古老的中华文明交融互通，延伸发展。比如日本文明、波斯文明、中亚文明、蒙古文明都是如此。我认为，古代文明的中心就是丝绸之路，丝绸之路通过商贸将各大洲的文明和国家连接在一起，不仅包括商贸往来，还包括文化交流。

亚洲国家拥有共同的价值观。中国的儒家思想价值观，我们的伊斯兰文明价值观、印度或者日本的文化价值观等，这些价值观具有很多共性：尊重老人，重视家庭和睦、教育与智慧，强调集体力量、团结协作，等等。亚洲人民更加看重合作，对抗最终也可以升级为合作，这一点是至关重要的。我们应当携手合作，而不是彼此斗争。

记者：您觉得，不同文明之间应该如何相处？

穆沙希德·赛义德：尊重文化差异性再重要不过了。亚洲智慧为世界奉献了“和平共处五项原则”，这个准则意味着我们要在共同的利益、价值观和原则的基础上处理国与国之间的关系，这一原则也同样适用于不同文明之间的和平共处。这是世界各国都可以借鉴学习的模式，也是协同合作为我们带来的成果。

习近平主席提出了人类命运共同体的概念，也提出了中国梦。不论是中国梦、巴基斯坦梦，还是亚洲梦，它们的本质都是相同的。这些设想的共性就在于我们都想要一个更好的明天，一个没有霸权和弱者的明天，一个共促繁荣进步的明天。我们在谈论人类命运共同体的时候，我们其实是在期望着一个包容、发展与进步的未来。我们要摒弃过去充满冲突、对抗和分歧的局面，国家与国家之间要团结一致，共建共识，共筑未来。

记者：您认为未来会形成亚洲共识吗？

穆沙希德·赛义德：正如中国一句谚语所说，“千里之行，始于足下”，足下就是现在。我认为，1955 年万隆会议上达成的“和平共处五项原则”就是共识。60 多年后的今天，我们看到围绕“一带一路”倡议正在形成一种新的共识，而且越来越多的国家正在加入其中，虽然遭遇了某些西方国家的抵制，共识仍旧存在并且在更大范围内扩展。当然它也需要细微调整，用更加科学和可持续的方式进行有效调节，更有针对性、创造性地服务于各共建国家。

记者：在您看来，中巴两国应在哪些方面加强合作？

穆沙希德·赛义德：我认为中巴两国应在关键领域加强合作。首先是政治方面，要共同捍卫联合国宪章，维护和平共处五项原则，睦邻友好，反对任何新冷战，反对任何形式的单边主义和霸权主义。

第二，要在一些关键新兴领域加强合作，如教育和社会发展方面。巴基斯坦有 2.8 万名学生在中国留学，他们是中巴关系的未来。巴基斯坦和中国都面临气候变化的严峻挑战，而中国在应对气候变化方面能够起到带头作用。

第三，这一点很重要，就是人文交流。丝绸之路不光促成经贸往来，也将不同文化、不同地域、不同国家的人们连接在一起，这很重要。今天我们有亚洲文明对话大会这样的论坛，它将来自不同文化背景的人们汇聚在同一个平台，推动交流互鉴，这就很好。在巴基斯坦，我们有一个中巴智库研究所，我们希望将孔子学院介绍给伊斯兰世界，因为孔子的价值观和伊斯兰价值观有很多相似之处，都是亚洲价值观，这就是我们采取的措施。我们也组织了包括中巴在内的和平大会。这些举措可以促进两国人文交流，以及非政府组织、民间社会和媒体的交流。我们还有中巴经济走廊媒体论坛，这些都是两国很好的交流平台。

延伸阅读：

1. 中巴经济走廊：中巴经济走廊是李克强总理于 2013 年 5 月访问巴基斯坦时提出的，初衷是加强中巴之间交通、能源、海洋等领域的交流与合作，加强两国互联互通，促进两国共同发展。该战略于 2015 年 4 月 20 日启动。2015 年，中巴关系由战略合作伙伴关系升级为全天候战略合作伙伴关系。

中巴经济合作已结出硕果：2019 年 7 月 23 日，巴基斯坦国家公路局木尔坦向中国建筑股份有限公司（中国建筑）颁发了巴基斯坦白沙瓦—卡拉奇高速公路苏库尔至木尔坦段（“苏木段”高速公路）实质性竣工证书。“苏木段”高速公路全长 392 公里，设计时速 120 公里，总投资约 28.9 亿美元，于 2016 年 8 月正式开工，工期 36 个月，是中巴经济走廊早期收获项目之一。这标志着这一中巴经济走廊最大交通基础设施项目竣工。

2. 中巴人文交流：在“一带一路”和中巴经济走廊的带动和影响下，中国与巴基斯坦的人文交流也蓬勃开展。截至2019年6月，巴基斯坦共有伊斯兰堡孔子学院、卡拉奇大学孔子学院、费萨拉巴德农业大学孔子学院、旁遮普大学孔子学院等4所孔子学院，以及两所孔子课堂。双方启动了政府间磋商，实现中国地面数字电视国际标准在巴基斯坦落地。此外，两国大学、智库、新闻媒体、影视等方面的交流不断深化，互设文化中心工作也在持续推进。

◆ 福田康夫

孤立主义没有未来

——专访日本前首相福田康夫

没有哪个国家能够独自处理全部事物，并孤立于世界之外。我们必须认识到世界各国都身处同一命运共同体内。我们不能只考虑自身的发展，认为本国利益优先，而应提高共同体意识，并将其视为制定政策的出发点，和其他国家进行对话协商。

日本前首相福田康夫在亚洲文明对话大会期间就亚洲文明互鉴、人类命运共同体等议题接受了记者采访。人类只有一个地球，各国共处一个世界。国际社会日益成为一个你中有我、我中有你的“命运共同体”，面对世界经济的复杂形势和全球性问题，任何国家都不可能独善其身。

记者：习近平主席就亚洲文明互鉴提出了四点主张，您如何看这四点主张？

福田康夫：如习近平主席所言，为实现相互理解，我们必须把相互尊重作为前提。各国只有彼此尊重，才能促进相互理解，进而在对话中碰撞出新的火花。对话必须持续，相互理解也必须推进。只有这样，我们才能实现地区和平，从而实现世界和平。

记者：当今世界单边主义、保护主义不断抬头。在这种国际环境下，您认为推动各国文明间交流互鉴的重要性是什么？建立亚洲命运共同体的意义又是什么？

福田康夫：虽然目前世界范围内还没有产生大的对抗，但我们要清楚地认识到，很多对抗产生的原因是各国彼此间缺乏理解、不了解对方的政策和立场。对这种情况，我们不能放任不管，即便是很小的摩擦，也应该迅速反应，妥善解决。这是处理对外关系的正确态度，但是目前国际上对这一问题还不够重视。

记者：在推进亚洲共识，提升亚洲国际话语权和影响力方面，中日两国应该加强哪些合作？

福田康夫：我觉得中日之间最重要的就是对话。不仅是政府层面的对话，民间层面的对话也不可忽视。通过各层面的对话，大家可以增加对彼此文明、文化的了解，增进对对方国家国民感情的理解，进而成为可以敞开心扉、畅所欲言的朋友。我认为这是政府和民众都应该努力的地方。

记者：您如何看“人类命运共同体”这一理念？您认为如何才能推动建立命运共同体？

福田康夫：习近平主席在很恰当的时机提出了构建人类命运共同体的倡议。当前，仍有一些国家秉持孤立主义和单边主义行事，中国实际上是适宜地提出了各国相处的基本原则。

我认为，即便不说，政治家也应将人类命运共同体这一理念深植于内心，并付诸行动。中国强调构建人类命运共同体，希望越来越多的人能意识到它的重要性，并把这一理念分享给世界。

人不能仅靠一己之力独自生存，国家也是如此。没有哪个国家能够独自处理全部事物，并孤立于世界之外。为了避免孤立，我们必须认识到世界各国都身处同一命运共同体内。环境问题就是很好的例证。我们不能只考虑自身的发展，认为本国利益优先，而应提高共同体意识，并将其视为制定政策的出发点，和其他国家进行对话协商。为此，相互理解至关重要，也是必要条件。

延伸阅读：

中日交流对话：中日两国之间已建立了政府及民间多渠道的对话交流机制。政府层面主要有高层级别政府间对话机制，执政党之间沟通机制，海洋安全保障机制，海空联络机制，以及双方外交部门的定期磋商等。2018 年李克强总理访问日本，是中国总理时隔 8 年再次访日，对推动两国关系改善和发展具有重要意义。近年，中日民间交流也非常活跃，2019 年 4 月 14 日，中日青少年交流促进年开幕式在北京举行，作为中日青少年交流促进年的安排之一，双方已共同商定，未来 5 年内安排 3 万名青少年实现交流互访。另外，根据中国日本商会于 2019 年 6 月 19 日发布的《中国经济与日本企业 2019 年白皮书》，日本对华直接投资连续增长，在华日企投资意愿连续三年呈现恢复性增长趋势。总之，两国间的对话交流日趋扩大，极大地助力中日关系平稳健康发展。

◆ 麦启安

世界应聆听中国方案

——专访英国东亚委员会秘书长麦启安

中国应该着眼于改革开放是如何成功的，并利用这其中的创新思考去促进传播领域的改革开放，这样，信息就能以一种被普遍接受的方式传播到其他国家。

从世界到中国——发展与梦想

麦启安是西方研究中国问题的资深专家之一，20多年来一直致力于加强推动中国与世界更深层次的交流与合作，是个名副其实的“中国通”。2012年12月，麦启安作为公共外交专家受邀参加了习近平主席与外国专家的座谈会，受到习近平主席的接见。2013年，麦启安被授予中国政府友谊奖。

记者：您第一次来中国是什么时候？

麦启安：我第一次来中国大约是在31年前。在那之前我对中国一无所知，甚至不了解中国有这么庞大的人口基数。我当时在马来西亚的渣打银行工作，我的中国同事们告诉我，如果我对中国感兴趣，应该去中国实地看看。于是，我就来中国待了6个月，走遍了中国的东西南北，北京、天津、重庆、成都、南京、上海、广州等，甚至还去了南边的三亚，那时的三亚只有一个酒店。

可以说，我见证了中国改革开放40多年中的30年。中国是一个充满魅力的国家，也在不断地进行着变革与创新。30年过去了，我还在研究中国，并始终拥有想去深入了解它的热情。

记者：您认为推动中国发展的动力是什么？

麦启安：我赞同英国学者李约瑟的观点，他为剑桥大学出版社撰写了三十卷的《中国科学技术史》，这套丛书帮助西方人更好地了解了中国。李约瑟在这套书中写道，中国一直拥有着技术文明。虽然学者们对这一观点意见不一，但我认为很多证据证明了这是中国1978年以后之所以发生巨变的理论依据，它可以解释1978年以来所发生的一切，没有其他更合理的解释能够说清楚中国为什么能够以前所未有的速度和规模实现工业化，原因只能在中国人自己身上，他们骨子里就拥有高度的技术文明。李约瑟还写道，在过去的1800年里，中国做出了许多伟大的发明创造，这些发明创造改变了世界。中国改革开放40多年取得的惊人成就，要归功于中国人血液里流淌着的高度的技术文明，只要时机正确，他们就能取得成果。

另一个原因在于，2000 多年以来，中国拥有的制度和模式都与其他文明截然不同。中华文明是世界上从未中断过的最古老的文明，虽然经历过朝代的更迭，也经历过毁灭与杀戮，但能维持成百上千年的稳定。当国家稳定并且拥有好的领导层、好的政府时，行政模式就变得高效，就能成事。

中国在土木工程上取得了辉煌的成就，这是其他国家所不能比的，这就是证据。中国人很早之前就开始建造结构庞大的建筑工程，比如大运河和长城。中国能组织拥有技术天赋的人力完成艰巨的任务，以前所未有的速度和规模发展工业，这就是中国的发展模式。

记者：您认为亚洲国家应如何提高在国际舞台上的影响力？

麦启安：亚洲可以发出统一的声音，这是构建命运共同体的第一步。占世界总人口百分之六十的亚洲人给予了我们希望。当今世界面临着很多挑战，比如全球变暖、恐怖主义、核武器扩散等，国际金融系统的稳定存在威胁，也是非常大的问题。这些问题都与我们每个人密切相关。要解决全球经济管理、核武器扩散、全球变暖这三大问题，人类只能共同行动，共同面对，亚洲充满潜力。在这里，人们提倡和谐，寻求共识。我相信，这已经为解决问题打下了基础。我们还需要找到一种方式，将亚洲国家包括中国的发展愿景传播到欧洲和美国。

2008 年，金融危机自美国而起席卷世界，全球金融体系濒临崩溃，直到现在我们仍处在恢复当中。政治危机也随之产生，尤其是在美国和欧洲的高收入国家，政治体制遭到破坏，一个最好的例子就是现在的英国脱欧。因为政治体制不起作用，英国政治僵局持续多年，缺乏强有力的政治领导。意大利、希腊、法国、德国也存在类似情况。美国的政治体制也一样，它不再传达有效决策。我想，美国人要是看到中国现在的基础设施建设水平、规模以及质量，一定会吓一跳。

对于亚洲国家包括中国来说，现在向欧洲和美国传播亚洲理念时机正好。我们需要做出改变，否则就会面临诸如全球变暖、毁灭性核武器以及金融系统瘫痪之类的灾难。如果我们能找到一条构建人类命运共同体的道路，这些灾难都可以避免。

记者：您如何看习近平主席提出的建设人类命运共同体这一理念？

麦启安：我认为习近平主席这一理念很有意义，他花费了很长时间去思考如何发展中国的外交政策。我很荣幸在 2012 年 12 月 25 日同习近平主席进行了会面，那次见面对我影响很大。习近平主席对如何做好中国领导人进行了深刻的思考，这对于了解世界发展趋势意义重大。认真研读习近平主席自中共十八大召开以来所做的讲话就会发现，他在不断地绘制发展蓝图。人类命运共同体这一外交政策就是习近平主席对于他将要做什么进行的思考。

习近平新时代中国特色社会主义思想具有高度连贯性和一致性。中共十八大以来习近平的思想就一直没有变过，他经常在讲话中谈到，不同文明之间需要相互尊重和信任，通过相互学习，我们就能构建人类命运共同体。这是有关我们如何构建人类命运共同体的方法，而不单单只是讲话，道路已经铺好了。

习近平主席在首届亚洲文明对话大会上的发言一共提到了十次“相互学习”，我认为这是他对如何构建人类命运共同体向外界发出的一个很明确的信号。当然这不只是向外部世界发出的信号，也是给中国内部的一个启示。我们只能通过相互学习去构建人类命运共同体。大家应该通力合作，将构建人类命运共同体的理念传播出去。

过去 500 年间，欧洲冲突不断，国家间互不交往，不同文明之间缺乏相互信任、尊重和学习。现在从亚洲兴起、从中国发起的倡议，让人类在找到全球问题的解决方案，实现永久和平稳定的征途上又前进了一步，这就是国际关系格局的改变从中国开始的原因，而习近平主席的领导推动了这一变革进程。对世界来说，它的影响无疑是巨大的，得用大格局大视角去理解它。

记者：对于“一带一路”倡议，国际舆论中也有一些不同的声音，您如何看？

麦启安：如果你想知道习近平主席的思想如何形成，你会发现，20 世纪的亚洲和中国为世界作出了许多贡献和实践，这些实践推动了习近平的思想发展。

1954 年，中国政府提出的和平共处五项原则将发展中国家联系在一起，为共建人类命运共同体打下了非常重要的基础。改革开放不只是中国国内的发展政策，对世界格局的改变也产生了深远影响。在这种情况下，应该把“一带一路”倡议看作是亚洲乃至世界发展的一部分，推动人类朝着共建命运共同体的方向迈进。

亚洲基础设施投资银行也是如此。中国从零开始，建设了一个真正的世界级机构，这也是向人类命运共同体迈进的一步。人们总是把它当作“一带一路”银行，但如果对它进行研究，就会知道这种看法是不准确的。亚投行是一个世界性的组织，它是一个非常国际化的组织，近百分之七十的员工都是外国人，它在未来将起到举足轻重的作用。

“一带一路”倡议一经提出就面临着挑战，因为它更像是中国的国内政策在全球范围的部署和传播。这样的信息传播方式很直接，直接表明我们要去哪里，我们要做什么，以及我们做得很好。中国人能接受，这就是他们进行沟通的方式。但是在其他国家就不能采取这种直截了当的传播方式。你需要去说服人们，说服那些有不同思维方式的人。国际社会对“一带一路”倡议存在质疑，我并不感到惊讶。要改变这一状况，中国需要就如何有效传播进行创新思考。我认为可以借鉴中国的改革开放。

改革开放改变了中国，并且在一定程度上改变了世界。改革开放以来，没有任何国家比得上中国工业化的速度和规模。中国应该着眼于改革开放是如何成功的，并利用其中的创新思考去促进传播领域的改革开放，这样信息就能以一种能够被普遍接受的方式传播到其他国家，尤其是欧洲和美国。

我坚信这一定能够实现，创新思考是找到解决方案的前提。中国人在过去的 40 年里证明了自己的创新能力，我相信中国一定能使“一带一路”倡议受到世界人民的欢迎。那时人们就会说，“一带一路”是非常棒的想法，我们也想要加入。

中国拥有几千年的历史，过去的中国不需要同世界接触，历史只属于自己，不必依靠外界的资源。如今的中国不再只是单独的个体，中国需要世界上的资源，也需要同世界接触交流。未来两千年，中国可以更加接近世界，并向世界说明，文明冲突必将导致自我毁灭。足够了解历史，并且拥有大格局的视野，中国一定能找到创新的传播工具和传播方法，赢得持不同意见的人的支持，届时所有的问题都能解决，我们最终会取得巨大成果。

延伸阅读：

1. 李约瑟：Joseph Terence Montgomery Needham（1900 年 12 月 9 日—1995 年 3 月 24 日），英国近代生物化学家、科学技术史专家，其所著《中国的科学与文明》(即《中国科学技术史》) 对现代中西文化交流影响深远。李约瑟早年在剑桥大学受教育。1942—1946 年来到中国，历任英国驻华大使馆科学参赞、中英科学合作馆馆长。李约瑟关于中国科技停滞的思考即著名的“李约瑟难题”，引发了全球各界的关注和讨论。其对中国文化，科技作出了极为重要的研究，被称为“中国人民的老朋友”。

2.《中国科学技术史》：1954 年，李约瑟出版了《中国科学技术史》第一卷，轰动了西方汉学界。此后，《中国科学技术史》相继出版了 7 卷，全书通过丰富的史料、深入的分析和大量的东西方比较研究，全面、系统地论述了中国古代科学技术的辉煌成就及其对世界文明的伟大贡献，内容涉及哲学、历史、科学思想、数、理、化、天、地、生、农、医及工程技术等诸多领域。《中国科学技术史》是世界上研究中国科技史最完备、最深刻、最具特色的一部里程碑式的著作。

3. 亚洲基础设施投资银行：简称亚投行，AIIB，是政府间性质的亚洲区域多边开发机构。重点支持基础设施建设，成立宗旨是为了促进亚洲区域建设的互联互通和经济一体化的进程，加强中国及其他亚洲国家和地区的合作，是首个由中国倡议设立的多边金融机构，总部设在北京，法定资本1000亿美元。2019年7月12日，亚投行在卢森堡举行了理事会第四届年会，批准贝宁、吉布提、卢旺达三个非洲国家加入亚投行的申请，至此，亚投行成员数量达到100个。

◆ 功·塔帕朗西

我完全相信中国能够完成脱贫目标

——专访泰中友好协会主席、泰国前副总理功·塔帕朗西

中国取得的发展成就让我相信，中国选择了一条正确的道路，中国政府实实在在提高了人民的生活水平。这就是中国政策有效性的一个证据。

泰中友好协会主席功·塔帕朗西，日常主要从事中泰两国经济与文化交流活动。他20多岁进入政坛，从外交部秘书，到泰国工业部、能源部、科技部、文化部、旅游部、卫生部六部部长，再到三届政府副总理，见证了中泰两国建交等重要历史性事件，也见证了中泰两国经济与文化间的交流与合作。过去的几十年里，他来过中国100多次。

记者：第一次来中国是什么时候？您对那时的中国有什么印象？

功·塔帕朗西：我第一次来中国是在1975年4月，中泰两国还没有正式建立外交关系。当时我在泰国外交部工作，和工作团队一起来中国，为1975年7月1日泰国总理克里·巴莫来中国与周恩来总理签署两国建交联合公报作准备。

还记得当时我站在北京饭店门前，环顾四周，道路很宽阔，但车很少，大约每小时才能看见一辆红旗轿车，其他的大都是自行车。不论男女，大家都穿着灰色或蓝色的衣服。

这次来中国，我再次站在北京饭店门前，那个44年前我曾经站过的地方，环顾四周，不禁感叹：中国的经济发展令人赞叹。我想说，中国，你是怎么做到的？我想向你学习。

记者：在您看来，推动中国实现快速发展的动力是什么？

功·塔帕朗西：首先，是自制力，中国人非常自律。其次，习近平主席上任以来，腐败现象被大力度地整治了。这是两个非常重要的因素。

2018年，习近平主席向世界宣告：到2020年，14亿中国人将全部脱离贫困。我第一次听到中国的脱贫攻坚战略时，觉得这是一个很大胆的目标。但现在，2019年，我完全相信中国能够完成这个目标。

记者：作为中泰两国建交的历史见证者，您如何看中泰两国关系？

功·塔帕朗西：泰国和中国的关系非同一般。在泰国有句老话，叫做“中泰一家亲”。泰国和中国并不毗邻，但是我们是一家人，血浓于水。我自己曾多次出任泰国副总理，我是潮州人在泰国的第四代移民。泰国人的祖先有 70% 是潮州人，10% 是海南人，10% 是广东人，10% 是福建人。我们的祖辈两百年前从潮州来到泰国，所以当我们说“中泰一家亲”时，这种情绪是印在骨子里的。我相信泰国和中国会更加紧密地合作，并保持亲密的友谊。

记者：各国赴泰国游客总量中，中国连续多年排在第一位。您曾经担任泰国旅游部部长，如何看两国旅游业的发展？

功·塔帕朗西：我看到的不仅是来泰国旅游的中国游客数量增多了，还有中国人民的生活水平也显著提高了。现在，来泰国旅游的中国游客以每年 200 万的速度增长。这说明中国人民富裕了，中国的经济发展一直很强劲，现在中国经济发展的成果落实到人民生活上了。中国取得的发展成就让我相信，中国选择了一条正确的道路，中国政府实实在在地提高了人民的生活水平。这就是中国政策有效性的一个证据。

记者：近年，由中国提出的“一带一路”倡议备受世界关注，您如何看它对亚洲国家乃至世界的意义？

功·塔帕朗西：在“一带一路”倡议下，泰国启动了一项很有意义的工程，建设了一条高速铁路。这条铁路连接了整个东盟，泰国、老挝、缅甸、越南、柬埔寨，一直到马来西亚。

习近平主席 2013 年提出“一带一路”倡议，这个概念刚提出来的时候，很多人问我它是什么意思。我说，“一带”是和平之带，“一路”是繁荣之路。

我们生活在这条和平之带上，要一起建设这条和平之带；有了和平，我们就能走上繁荣之路。据我观察，中国已经走上了繁荣之路，中国人已经过上好日子了。但中国不仅想自己过上好日子，也想让其他国家和中国一起发展繁荣。

记者：习近平主席多次提出亚洲命运共同体的概念，您如何理解亚洲命运共同体这一理念？

功·塔帕朗西：作为世界上最大的大洲，亚洲已经向世界展示了经济增长的奇迹，而中国是亚洲经济发展的领头羊。亚洲国家强烈拥护和平，没有和平经济就不能发展。随着经济的发展，人们就能拥有更好的生活。所以，和平、经济发展、人民生活水平的提高，是一个三步走的过程。当亚洲国家开始走向和平与繁荣的道路时，世界上其他国家也同样能做到。首先是和平与繁荣，然后再寻求世界舞台的发言权。

记者：对于共同打造亚洲命运共同体这一目标，泰国将会做出哪些努力？

功·塔帕朗西：泰国人民有一个特质，就是谦逊。我们这个国家不大，只有 7000 万人口，而中国有 14 亿人口。泰国是东盟国家的一分子，东盟成员国加起来有 6.6 亿人，我们希望大家能够共同前进。我们将东盟视作十个国家的团体。当我们独自发声的时候，我们的发言没有什么分量，但当我们作为一个团体，作为东盟发声时，我们的发言就能够获得更慎重地对待。因此，我们现在尽力和东盟的伙伴们紧密合作。我相信今后作为东盟成员，我们都能在世界舞台上拥有更多的发言权，我相信中国也意识到了这一点。

延伸阅读：

1. 中泰建交：20 世纪 50—60 年代，随着新中国在日内瓦会议和万隆会议上展现了自身新形象，泰国国内舆论中出现了改善与中国关系，早日与中国建交的声音，但彼时泰国政府奉行亲美反共政策，主张泰中建交的人士在泰国国内遭到压制，建交迟迟未能实现。70 年代初，随着尼克松主义的出台，美国从越南和东南亚撤退，中美关系正常化，泰国也表达了与中国建交的愿望。经过中泰双方许多人士多年努力，1975 年 7 月 1 日，周恩来总理和克里·巴莫总理在北京正式签署中泰建交联合公报，开创两国邦交新纪元。

2. 泰国高铁建设：泰国政府希望通过一个横跨亚洲多国的高铁网络，推动泰国发展成为东盟的物流枢纽。该工程主要分为泰国到老挝及中国南部、泰国到柬埔寨、泰国到马来西亚以及曼谷到清迈四条路线，全长达 3193 公里，造价约 2.07 万亿泰铢（约 4600 亿人民币）。连接曼谷和东北部廊开府的第一阶段工程正在兴建，预计于 2023 年竣工。该高铁网络建设完成后，将连通北京和新加坡，使中国和东南亚国家的联系更为紧密。

韩国应该加入『一带一路』倡议

——专访韩国议政府市市长安炳龙

◆ 安炳龙

“一带一路”倡议是让亚洲成为命运共同体的非常重要的事业，应该在韩国多多宣传，让政府和百姓了解这一倡议的重大意义及好处，推动韩国积极参与其中。

韩国京畿道议政府市市长安炳龙2019年5月16日来北京参加首届亚洲文明对话大会，并出席2019当代中国与世界论坛，期间他就中国发展，中韩关系以及亚洲文明共性与差异等议题接受了记者的采访。

记者：您第一次来中国是什么时候？那时的中国给您留下什么印象？

安炳龙：我大概是在20年前第一次来中国，当时我对中国的印象还挺失望的。中国的首都北京街道很脏，旧房子很多，马路秩序混乱，夏天很多男人光着膀子在街上走，很不雅观。整个城市给人的印象是简陋的、无序的。现在再来看，北京彻底变样了，城市干净整洁，秩序良好，民众友善。尤其是2008年北京奥运会召开之后，北京的发展更是日新月异，现在的北京已经达到了国际大都市的发展水平，这个变化是惊人的。

记者：在您看来，中国取得快速发展的原因是什么？

安炳龙：中国领导人的努力，还有中国人民的努力。中国领导人对于国家的发展一直有着明确的目标、详尽的规划，并且兢兢业业地为人民奉献，中国的历代领导人都是这么做的。与此同时，人民团结一心，在领导人的规划和带领下努力付出，虽然起步晚，但是举国上下往一个目标努力，取得了骄傲的成绩。

记者：在您看来，中国应该发挥哪些作用以推动亚洲的整体发展和影响力提升？

安炳龙：我认为中国能在亚洲发挥带头作用，现在中国已经是属于G2的大国了，在国际上的影响力今非昔比，可以发挥大国带头作用。实际上，我认为中国已经在很多方面发挥着这样的作用了，但这一过程中难免会让周边弱小国家感受到压力。鉴于这一点，就像习近平主席说的，要考虑其他国家，尤其是小国的实际情况，站在对方国家的立场上换位思考，并通过对话来解决问题，这是很必要的。

其实，国与国的交往和人与人的交往一样，有共同利益也有矛盾，要用发展的眼光来看问题。习近平主席说不同文明之间要相互理解不同的地方，持续地沟通，要以分歧为动力进行创新思考以解决分歧。为了将来更好地发展，我们要做可以一起做的事，将矛盾分歧暂时搁置。

记者：在您看来，中韩作为近邻，应该在哪些方面加强合作？

安炳龙：韩国很多文化源于中国，部分源于日本，这些外来文化在历史中结合韩国自身传统获得新生。近代以来，很多科学技术从韩国传到中国，这就是文明交流相互取长补短的特质。韩国 K—POP 文化在中国很受欢迎，中国有很多古装电视剧韩国的年轻人也很喜欢看。中韩两国在很多领域可以通过合作来互补，是互不可缺的好邻居。

目前朝鲜核问题还没有妥善解决，朝鲜半岛关系一直紧张，这在一定程度上也对韩中关系造成了影响，所以关于中国倡导的“一带一路”倡议在韩国不是很有普及度。但我觉得这是一个非常重要的倡议，这是中国愿意为相对落后的国家提供资金和技术支援，帮助他们建设基础设施，改善民生的计划，这是让亚洲成为一个共同体的非常重要的事业，应该在韩国多多宣传，让政府和百姓都能了解这一倡议的重大意义及其好处，推动韩国积极参与其中。

记者：您如何看亚洲文明的异同？

安炳龙：中国有一句话叫做“求同存异”，意思是首先寻求相同的东西、共同点，暂且把不同点放在一边，不要因为不同而争吵。亚洲文化有许多共性，亦有许多不同之处。它们都深受悠久的儒家文化和汉字文化的影响。但亚洲各国在音乐、语言、服饰、饮食文化上又存在很多差异。习近平主席也说，一个国家不能傲慢地觉得自己的文化优越，要相互理解、克服差异，通过交流建立共同发展繁荣的道路。我认为这是积极的、非常好的事情。

过去，亚洲的价值，特别是中华文明的价值被低估，这是由于近代的亚洲和中国相对落后造成的。从人类文明悠久的历史长河来看，中华文明博大精深，值得我们亚洲其他国家好好研究，细细体会。

习近平主席对亚洲文明的特色有着深刻的理解。习近平主席说亚洲文化要克服相异之处，相互对话，还强调了要相互尊重，由此建立亚洲文化的自信心，致力于共同繁荣。

延伸阅读：

2019年6月27日，中国国家主席习近平在日本大阪出席G20峰会期间，与韩国总统文在寅进行了双边会晤。中韩两国领导人表示，要继续加强不同层次的沟通与对话，积极共建“一带一路”，加快中韩自由贸易协定第二阶段谈判，不断扩大贸易、科技、财经、环保等领域合作，共同维护多边主义、自由贸易体制，推动构建开放型世界经济。

不是文明的冲突，而是文化认知架构的冲突

——专访法国桥智库主席周瑞

◆ 周瑞

文明要不断适应不同的土壤，并与其他文明进行碰撞，与新技术和新环境相互作用，从而实现新的发展。

CHINA MATTERS

周瑞是法国桥智库主席。法国桥智库是全球20国智库成员之一，为20国首脑提供政策资讯。亚洲文明对话大会期间，周瑞就中国的改革与发展、亚洲文明多样性等议题接受了记者采访。

记者：您第一次来中国是什么时候？中国的哪些变化给您留下深刻印象？

周瑞：我第一次来中国是很久以前了，大概在 1996 年。那时中国大部分地区还处在发展中，尤其是西部地区，还有很庞大的贫困人口基数。现在中国正处在转型中，脱贫攻坚战也取得了关键胜利，这为大多数人民提供了机会。

早在 1996 年来中国的时候，有一件事给我留下深刻印象，那就是中国教育文化的普及程度，几乎每个中国人都会读写。我认为这是中国共产党领导下取得的了不起的成就。后来中国又在为消除贫困而努力，这个过程对再次提高人口的教育文化水平至关重要。中国能在一代人的时间里有这样惊人的发展，和劳动者教育文化水平不断提升有密切关系。1996 年我就对中国的教育普及程度和脱贫计划惊叹不已，要知道即便在今天的一些亚洲国家，文盲率也依旧很高，人口红利转向经济成果的效果仍不显著。但中国却能充分利用资本及资源，实现人口较高的文化普及程度，高素质的劳动者又反哺于经济发展，实现良性循环，这一点很了不起。

记者：在您看来，推动中国发展的动力是什么？

周瑞：如果我们回顾中国历史，就会发现以前只有精英阶层才能享受到科学文化的发展成果。1949 年之后情况发生了变化，普通人也可以接受教育，为了实现知识的快速普及，中国还实施了一场汉字改革，将繁体字简化。类似的改革直到今天仍在进行，试图不断缩短权力固有阶层和普通民众之间的那条鸿沟，这一过程并不容易，世界上没有任何一个国家像中国一样做出这样勇敢果断的尝试。40 多年的改革开放让人民有了更多途径去获取各种资源。

另外一点，如果对比其他国家，对于现在中国的老年人来说，他们小时候的生活和年轻一代的是截然不同的。中国年轻一代人也深知自己的父母曾经过着完全不一样的生活。他们能在创造成就与缅怀过去之间找到平衡点，既不止步于过去的成就，又对未来充满信心。

记者：国际舆论关于“一带一路”倡议还有一些不同的声音，您怎么看这些声音？

周瑞：“一带一路”不仅是中国最大的倡议，也是人类最大的倡议。一方面它的目标十分宏大，囊括了经济、政治、文化等各个领域，能够涵盖世界各国；另一方面它的结构日趋完善，管理也逐渐透明。我们看到第二届“一带一路”高峰论坛汇聚了更多的国家。

18 世纪思想启蒙运动之后，西方的政治哲学更强调分析性思维，将事物分割来看，或是完全割裂；而亚洲文化更具有包容性，用全面思维，分析事物的融合。这就是误解产生的原因。东西方都必须明白，无论个体分析法还是整体分析法，都只解释了真理的一部分。所以这是主观文化认知构架的冲突，而不是文明的冲突。我认为，一方面，“一带一路”倡议要具有可持续性，中国已经在不断地完善这个机制；另一方面，我们需要更多的文化交流，西方国家要与中国共同努力，要明白真理就存在于全面思维与分析性思维之间。

记者：今年是中法建交 55 周年，中法在太空科技等很多领域都有合作，您觉得未来的中法关系将如何发展？

周瑞：今年是中法建交 55 周年。戴高乐将军任总统时，中法两国建立了外交关系。戴高乐将军清楚地表明，中国是一个大国，人口众多，不应被忽视。他认为虽然两国有不同的制度，但这不妨碍我们进行各方面的合作，接受他国不同的制度也是今天法国持有的立场。中国提出了“一国两制”，说明了中国同样尊重不同于自己的发展制度，国家和地区之间应该尊重彼此选择的发展道路和制度。

中法两国都重视科技发展，两国的精英阶层里有很多工程师，政府开设了最好的工程师培训学校。尽管我们有不同的政治制度，政府在科技发展方面的政策及措施是一致的。中国和法国互为彼此的科技发展注入了新的活力和潜能，未来在新科技领域两国会有更多合作。

记者：您如何看亚洲文明的特点？

周瑞：亚洲文明有韧性。所谓韧性就是文明要不断适应不同的土壤，并与其他文明进行碰撞，与新技术和新环境相互作用，从而实现新的发展。第一，韧性使文明持久，亚洲的很多文明都因韧性而有所发展，东亚文明、西亚文明都很有韧性，这至关重要；第二，亚洲文明很稳定，和平建设进程在保持稳定上发挥重要作用；第三，今天的亚洲文明具有高度灵活性，这体现在亚洲科学技术的飞速发展以及亚洲文明对新技术的适应性上。我们生活在一个飞速变化的世界，为了生存我们必须作出更快的变化，文明必须有这样的适应力和灵活性。

记者：您认为不同文明之间应该如何共处？

周瑞：不同文明之间的对话至关重要。亚洲不同文明之间的对话已经有上千年的历史。中国和印度在中世纪就有僧人到对方的国家传经颂道，交流学习的历史，这是最早的文明对话。2019 年举行的首届亚洲文明对话大会，我认为是“一带一路”倡议的一部分，也是中国试图建立一个自由开放的文明生态环境的重要举措。从这个意义上说，这在历史上是第一次。

与此同时，我们要接受多样性。所有大洲都具有文明多样性。亚洲因其地大物博而拥有最古老的文明和最大的多样性。今天，亚洲传达给世界的是多样性文明如何得以共生的信号，我们深受启发。

多样性使亚洲繁荣，多样性与西方的价值观是可以融会贯通的。西方社会想要展现自己不同的理念和社会生活方式，强调多样性就很重要。多样的体系在全球化背景下彼此接纳，共生并融合为一体，这是未来的出路，而我们才刚刚起步。

延伸阅读：

1. 启蒙运动：指发生在17—18世纪的一场资产阶级和人民大众的反封建、反教会的思想文化运动。是继文艺复兴后的又一次反封建的思想解放运动。其核心思想是“理性崇拜”。这个时期的启蒙运动，覆盖了各个知识领域，如自然科学、哲学、伦理学、政治学、经济学、历史学、文学、教育学等。启蒙运动同时为美国独立战争与法国大革命提供了框架，并且导致了资本主义和社会主义的兴起，与音乐史上的巴洛克时期以及艺术史上的新古典主义时期是同一时期。

2. 中法建交：1963年10月，戴高乐将军授权法国前总理富尔携带他的亲笔信前来中国，代表他同中国领导人商谈两国关系问题。中国政府在坚持反对“两个中国”原则立场的同时，对建交的具体步骤采取灵活态度，在中法双方就法国承认中华人民共和国是中国的唯一合法政府达成默契的情况下，同意法国提出的中法先宣布建交从而导致法国同中国台湾断交的方案。根据双方事先的协议，中国外交部发言人于1964年1月27日就中法建交发表声明，指出：中华人民共和国的唯一合法政府同法兰西共和国政府谈判并且达成两国建交协议。中法建交，是20世纪60年代新中国外交工作的一个巨大胜利，让美国封锁、扼杀新中国的政策彻底破产，同时极大地提升了中法双方的国际地位与影响力。

『一带一路』会让所有国家团结起来

——专访缅甸少数民族事务部副部长拉莫吴

◆ 拉莫吴

我们总有一天会建成亚洲命运共同体，因为我们有中国作为领头羊，中国的领导人希望所有的亚洲国家团结起来。

缅甸少数民族事务部副部长拉莫吴长期致力于协调缅甸民族事务，统筹各民族平衡发展，在亚洲文明对话大会期间，他就中缅民族事务，"一带一路"倡议以及亚洲文明等议题接受了记者的采访。

记者：您第一次来中国是什么时候？中国的哪些地方给您留下深刻印象？

拉莫吴：我第一次来中国是在十年前，我到过中国的很多地方。2018年12月，我去了内蒙古自治区，内蒙古有很多少数民族，中国政府在当地建设了很多基础设施，以促进乡村的发展，我认为这非常好，造福了当地人民。

记者：在您看来，推动中国发展的动力是什么？

拉莫吴：是团结。如果一个国家的各个民族之间和睦相处、互不争斗，这个民族就会进步得非常快。缅甸也是一个多民族国家，各个民族之间由于英国殖民时期遗留下很多问题，沟通协调的过程很复杂、很艰难。只有沟通协商才能获得持久的和平，但是这个沟通协调的过程很漫长。过去我们是分裂的状态，现在我们期待通过协商，让人民团结起来，成为一个整体。

记者：您如何看亚洲文化的共性？

拉莫吴：亚洲国家在很多方面都有共同点。缅甸和中国是邻国，我们有很长的边界线，在云南省，有37个少数民族生活在我们两国边界。他们的方言、文化都有很多相似之处。我们有很多共同的文化传统，比如尊敬长者，亚洲国家比较注重尊老爱幼的美德。

记者：您如何看中国在亚洲发展中扮演的角色？

拉莫吴：中国的发展对于亚洲、对于世界来说都意义重大。但中国的政策从来都不是为了征服别的国家和民族，中国的发展其实给世界带来了和平。对于亚洲人民来说，强大的中国将会是一个很好的协调者、合作者，在处理亚洲事务上能发挥更多领头人的作用。

我认为，我们总有一天会建成亚洲命运共同体，因为我们有中国作为领头羊，中国的领导人希望所有的亚洲国家团结起来。很多亚洲国家都曾遭受过西方的殖民统治，中国可以成为亚洲国家之间交流沟通的纽带，并对欠发达国家提供支持。我认为，在“一带一路”倡议的框架下，这一天不会太远，所有的国家会团结起来，为了一个共同的目标而奋斗。

实际上，在 2019 年第二届“一带一路”高峰论坛召开的时候，中国已经对这个倡议做了一些调整。中国将设立一些机构，去研究该如何更好地给参与国家提供帮助，中国已经将当地的具体情况作为考量的重要标准。我们相信，通过与当地政府和人民的交流，我们能一起找到一个解决方案。这将成为一件双方都认同并且获益的事。受益人绝对不仅仅是中国一个，更多的国家会因此实现发展和繁荣。

延伸阅读：

1. 民族区域自治：中国政府解决民族问题采取的一项基本政策，也是中国的一项重要政治制度。民族区域自治制度与人民代表大会制度、中国共产党领导的多党合作与政治协商制度一起，同为中国三大基本政治制度。民族区域自治是在国家的统一领导下，各少数民族聚居的地方实行民族区域自治，设立自治机关，行使自治权，使少数民族人民当家作主，自己管理本自治地方的内部事务。截至 2018 年，中国有民族自治地方 155 个，其中自治区 5 个、自治州 30 个、自治县（旗）120 个。

2. 缅甸民族问题：缅甸人口约 5410 万，主体民族为缅族。主要的法定少数民族为掸族、克伦族、孟族、克钦族、克伦尼族、钦族、若开族，缅甸官方不承认华人、印度人、孟加拉人为法定少数民族。在军政府统治时期，缅族政府对其他少数民族展开大规模迫害，导致国内民族矛盾激化，政府军与少数民族武装力量进行了长期对抗。2018 年 5 月，缅甸果敢地区再次爆发政府军与地方武装的战斗，并且发生了炮弹落入中国境内的事件。果敢问题对我国边境地区的稳定与安全造成了一定的负面影响。

亚洲国家应该团结

——专访联合国前任副秘书长明石康

◆ 明石康

我们亚洲国家应该团结起来，过去美国能发挥的作用，我们亚洲国家也能够做到，也必须由我们亚洲国家来发挥作用，要有这样强大的信心。

中日关系作为亚洲最重要的双边关系之一，它的起起伏伏影响着亚洲的地缘政治格局。随着日本“令和”时代的到来，中日关系能否继续朝着回暖的方向发展？日本京都国际文化会馆理事长、前任联合国副秘书长明石康先生就中日关系的发展前景以及亚洲共识等议题接受了记者的采访。

记者：您第一次来中国是什么时候？

明石康：我在联合国工作了很长时间（1957—1979 年——编者注），那时我跟在联合国工作的中国同事一起周游了几个中国城市。我非常开心，就像回到了自己的故乡。那应该是 50 多年前的事情了。我认为对日本来说，中国非常重要，能成为我们学习的对象。

记者：您觉得这些年中国最大的变化是什么？

明石康：中国用极短的时间实现了现代化，成为一个美丽、便捷的国家。我来过北京几十次，每次来北京都能感受到它日新月异的变化：新大楼平地而起，鲜花装扮着城市的每个角落，我能感受到人们让城市变得更美的努力。中国人民盼望着一个宜居又幸福的中国，每个人都在为了让中国变得更好而努力，这样的努力在每一个方面都有体现。全世界像中国这样的国家不多。在保持好的传统的同时，努力追求新的生活方式，是必要的，也是重要的。

记者：您如何看中国对亚洲发展能起到的作用？

明石康：中国自古以来就是世界大国，虽然在近代被欧美超越，也有被侵略的历史和战争的历史，但是在当今世界，中国再次以大国的姿态出现。我希望中国能从其他国家所犯的错误中汲取经验教训，以中国本色，自然、谦逊地和其他国家发展友好关系。

记者：关于“一带一路”倡议，国际舆论中还有一些不同的声音，您如何看？

明石康：对于中国发起的“一带一路”倡议，在日本，理解和支持的声音在增多。将“一带一路”倡议机构化的亚投行，和日本已经参加了的总部在菲律宾的亚洲开发银行，应该在很多方面进行合作。亚洲开发银行成立很长时间了，有许多经验可以供亚投行借鉴。双方应该通过对话，为了共同的目标奋斗。我想，互相传授经验，互相勉励的态度是必要的。

而且我认为，“一带一路”倡议已经给共建国带来了很大的影响。但是，为了未来更好的发展，为了以更快的速度达成目标，亚投行需要发挥更大的作用。

记者：日本进入“令和”时代，我们是否可以期待德仁天皇助力中日关系回暖？

明石康：上一任天皇夫妇曾经访问过中国，中国给他们留下了很深的印象。我想，新天皇夫妇对中国的尊重也不亚于他们的父母，他们会继承上一任天皇夫妇认真而诚挚的态度，与他国、他人相处。

中国驻日本大使夫妇也已经与新天皇会面。日本的新天皇继位后首先会见了中国大使，而非其他国家的大使，这体现了日本对中国展现的关注以及在许多层面两国必须友好相处的决心。

记者：在您看来，中日之间应该如何处理两国关系中比较敏感的问题？

明石康：中国与日本经历过不幸的时期。日本在亚洲率先实现了现代化及西方化，因此变得骄傲自满，对其他国家采取了失礼的态度，这是一段不幸的历史。我想，日本国民已经有了很强的醒悟，认为那样的事情不能再重演。亚洲国家应该牢记并反省过去的错误，构筑让所有国家关系融洽，所有国家人民幸福的共同的未来。

记者：随着美国退出多个国际协议，您觉得中日在推动全球化及自由贸易的进程中应发挥什么作用？

明石康：我认为这是个遗憾的事。第一次世界大战后，美国成为世界的领头羊，为世界作出了很多贡献。但是现在的美国好像有些疲倦，已经表现出了对世界事务及其他国家不耐烦的一面，这很让人遗憾。我们亚洲国家应该团结起来，过去美国能发挥的作用，我们亚洲国家也能够做到，也必须由我们亚洲国家来发挥作用，要有这样强大的信心。

记者：在提高亚洲话语权方面，亚洲国家可以做些什么？

明石康：要概括亚洲国家的共同点很难。亚洲历史悠久，成员众多，要提炼出共同点几乎是不可能的。但是，也正因为亚洲文明历史悠久，内涵丰富，亚洲国家应该更能理解和体谅其他文明。此外，亚洲成员之间在做事时也应该有互相扶持、互相理解的体谅之心。每个文明都有自己的长处。在学习他人长处的同时，认识、了解自己，并耐心地把对自己的认识展现给属于其他文明的人，是很重要的。

我们虽然住在不同的国家或地区，但我们都是世界的一员。人类应该有共通的理念和价值观，彼此敞开心扉地沟通、理解是非常关键的。当我们亚洲文明与其他文明进行对话时，如果亚洲本身就不团结，就很麻烦。

亚洲各国达成共识需要时间。无论进展顺利还是不顺利，这都是一个学习的过程。距离较近的两个国家，各方面交往频繁，常常会产生误解，所以近邻想要友好反而更难一些。

日本有一句谚语，“情人眼里，麻子脸也能看成酒窝”（即“情人眼里出西施”），但是近邻之间，酒窝也能看成麻子，这就是宿命。从这个意义上讲，我们必须养成习惯，越是邻居，越要发现彼此的长处。中国的孔子、老子等许多哲学家，对人类容易犯的错误有许多精妙的论述，我们应该多学习。

日本在近代做了许多好事，也犯了一些错误。今后，日本应该一边反省错误，一边以宽广的胸怀与亚洲各国一道做更多的事。不要认为自己什么都知道，要向各国学习，单靠自己是无法在世界上生存的，必须互相学习，共同进步。

中国提出的创建和谐社会的理念，不应只限于中国，对于亚洲及更广阔的世界来说，也是适用的。

延伸阅读：

1. 亚洲开发银行：一个致力于促进亚洲及太平洋地区发展中成员经济和社会发展的区域性政府间金融开发机构。自 1999 年以来，亚开行特别强调扶贫为其首要战略目标。它不是联合国下属机构，但它是联合国亚洲及太平洋经济社会委员会（联合国亚太经社会）赞助建立的机构，同联合国及其区域和专门机构有密切的联系。亚洲开发银行创建于 1966 年 11 月 24 日，总部位于菲律宾首都马尼拉。中国于 1986 年 3 月 10 日加入亚开行。亚开行由美国和日本共同主导，要获得贷款，要在政府透明度、意识形态等方面通过考核，在环保、雇佣、招投标等方面也有多种要求。

2. 德仁天皇会见中国大使程永华夫妇：当地时间 2019 年 5 月 9 日，德仁天皇及雅子皇后在自己所居住的赤坂御所“桧之间”迎接来访的程永华大使及夫人汪婉，并进行了约 25 分钟的会谈。程永华大使自 2010 年 2 月就任驻日大使，在任时间超过 9 年，创下了历任中国驻日大使任职时间最长纪录，他既是德仁天皇即位后接见的首位外国贵宾，也是首位外国使节。

◆ 拉希德·阿利莫夫

强大的中国是全人类的福利

——专访上海合作组织秘书处前秘书长拉希德·阿利莫夫

70 年来，中国从一个落后的国家变成经济领先的国际大国，在世界上拥有稳定的地位。中国在世界发展中起着至关重要的作用，强大的中国是全人类的福利。

从世界到中国——发展与梦想

拉希德·阿利莫夫于2015年7月10日在上海合作组织成员国元首乌法峰会上被任命为上海合作组织秘书长，任期自2016年1月1日至2018年12月31日。他曾在中国生活13年，足迹踏遍中国所有省份，对中国的发展有着很深入的了解。他也是“丝绸之路—人文合作”金奖得主，以表彰其对上海合作组织成员国人文合作作出的贡献。

记者：您第一次来中国是什么时候？中国的哪些发展让您印象深刻？

拉希德·阿利莫夫：我第一次来中国是在1993年3月，当时我去了北京、上海、宁波。那时我就看到了中国发展奇迹的萌芽，中国人民通过自己勤劳、不屈不挠、一往无前的精神创造了奇迹。我在中国连续工作和生活了13年，我去过中国所有的省区，从西藏到黑龙江，从新疆到上海到广州，几乎走遍了中国所有的省份。无论我走到哪里，看到的都是追求发展的决心和努力。

最让我震撼的，是中国集中力量解决具体问题的努力。比如如何获取干净的水资源，15年前的情况和今天是完全不一样的，那时有成千上万的中国人喝不到纯净水，如今水资源供应能保证十几亿人口的中国几乎人人能喝上干净的饮用水。

再比如一些全球性问题，贫困问题等，中国也在一步一步地解决，现在中国只有很小一部分人还在贫困线以下，2020年所有贫困人口也将脱贫。40多年前实施的改革开放政策，取得了非常显著的成效。

这些年中国经济实现了腾飞，已经成为全球第二大经济体。中国的科技也飞速发展，在征服宇宙、探索北极等领域取得了傲人的成绩。

在保障世界稳定、安全与和平方面，中国也在承担着越来越多的责任。中国在反对恐怖主义方面起到了非常好的示范作用。中国作为发展中国家，对外援助的国家数量不比美国这样的发达国家少，这个现象是史无前例的。

换句话说，中国提出了命运共同体的提议，并向世界示范如何去做。我们在中国不仅能看到美丽城市、智慧城市，还有勤劳智慧的人民，受过高等教育、积极乐观、善于思考的人民，他们不仅思考如何实现中国梦，最主要的是，他们还思考世界应该如何和平、繁荣地发展。

记者：您认为上海合作组织在过去这些年里取得的成就是什么？

拉希德·阿利莫夫：上海合作组织取得的最大成就，是学会了相互倾听。在这个组织里，每一个问题都需要达成共识才能作出决定，也就是说，只有得到所有国家的支持才能作出决定。这个组织可以看作是由很多国家组成的一个整体，这个整体使民族利益和区域利益完美结合。

记者：您对于中国未来的发展有什么建议？

拉希德·阿利莫夫：今年是新中国成立 70 周年，这不仅是中国的大事，也是国际的大事。70 年里，中国从一个落后的国家发展成为一个经济水平领先的国际大国，在世界上拥有稳定的地位。毫无疑问，中国在世界发展中起着至关重要的作用。我真诚地希望并祝愿中国繁荣昌盛，因为强大的中国是全人类的福利。

记者：您认为亚洲文明有哪些特点？

拉希德·阿利莫夫：首先，亚洲赋予世界很多成功的范例。众所周知，亚洲几乎是目前世界上存在的所有文明的发祥地，亚洲是世界上所有宗教的摇篮，亚洲诞生了很多世界知名的学者，他们的科学发现让世界实现突飞猛进的发展。现在，亚洲文明在包容性和创造性方面，正在重现过去的辉煌。我认为，如今亚洲向世界展现了如何构建新型国际关系，如何在未来开展协作。不是通过彼此孤立，而是通过协调合作，这一点非常重要。在拥有悠久历史的亚洲文明之间开展对话，实际上是翻开了下个世纪文明交往的新篇章。

记者：在您看来，不同文明之间应该如何相处？

拉希德·阿利莫夫：任何文明都具有唯一性，没有哪种文明能够独霸世界。习近平主席说过，文明间的对话是为了相互借鉴最好的经验。也就是说，文明之间应该互相补充，互相丰富，而不是肆意扩大某一种文明或者以一种文明去支配别的文明。所有文明之间都是相互平等的，这种平等具有非常重要的意义。习近平主席提出的这些建议，会促使我们思考世界未来的发展方向。我认为习近平主席在亚洲文明对话大会上提出的“四点主张”不仅能够成为亚洲区域内，甚至可以成为世界范围内建立伙伴关系和对话关系的基础。这四个原则非常简单，又富有实际意义。国际关系变幻莫测的现在比以往任何时候都更需要文明对话。

记者：关于重建亚洲文化自信，您有什么样的建议？

拉希德·阿利莫夫：如果亚洲文明重新审视自己在现代社会所扮演的角色和地位，可以看到，它已经处在世界领先地位。它应该以自己为典范，向世界展示和谐的生活是什么样的，这种和谐生活的主要内容应该是合作。亚洲文明对话应该引领世界文明对话，我们太缺少这种对话。亚洲可以倡导世界学会倾听对方的意见。在相互尊重、平等协商的基础上建立文明关系，并且作出对所有人都有益的决定，而不是只对一个国家或一种文明有益。我们必须牢记，世界上不仅有文明的对话，更有文明间的战争。任何情况下都不能忘记文明也会造成冲突、排斥，相互不理解，因此向世界展示文明对话，和平、和谐发展非常重要。

在世界形势异常复杂的情况下，中国国家主席习近平关于在亚洲开展文明对话的倡议不仅对亚洲国家具有重要意义，对世界也具有重要意义。开展亚洲文明对话的提议将在世界范围内拥有非常广泛的前景。

延伸阅读：

1. 上海合作组织：简称上合组织，是中华人民共和国、哈萨克斯坦共和国、吉尔吉斯斯坦共和国、俄罗斯联邦、塔吉克斯坦共和国、乌兹别克斯坦共和国于2001年6月15日在中国上海宣布成立的永久性政府间国际组织。上合组织前身即“上海五国机制”，最早缘起于中苏关于维持边境和平稳定的谈判。2001年6月，上海五国机制接纳乌兹别克斯坦，通过《上合组织成立宣言》，上海合作组织正式诞生。2017年，上合组织实现了首次扩员，接纳印度与巴基斯坦成为成员国。上合组织作为后冷战时代将安全、政治、经济、文化融为一体的区域合作组织，有效增进了成员国之间的互信，强化了地区国家间的友好关系；有力打击了“三股势力”与恐怖主义，巩固了成员国的安全；“上海精神”则为冷战后摒弃冷战思维，探索新型国家关系、安全观念、合作模式提供了重要借鉴，对世界和平与稳定有积极意义。

2. 四点主张：2019年5月15日，习近平在亚洲文明对话大会开幕式上提出四点主张：第一，坚持相互尊重、平等相待；第二，坚持美人之美、美美与共；第三，坚持开放包容、互学互鉴；第四，坚持与时俱进、创新发展。习近平主席指出，“人类只有肤色语言之别，文明只有姹紫嫣红之别，但绝无高低优劣之分”，“各种文明本没有冲突，只是要有欣赏所有文明之美的眼睛”，“交流互鉴是文明发展的本质要求。只有同其他文明交流互鉴、取长补短，才能保持旺盛生命活力”。亚洲文明对话大会以及四点主张所蕴含的文明观念，有力促进了亚洲的文明交流互鉴，有利于拉近各文明民心的距离，推动共同构建亚洲命运共同体、人类命运共同体。

◆ 苏拉西·塔纳唐

中国不必太担忧质疑声

——专访泰中战略研究中心主任苏拉西·塔纳唐

总会有一些人因为嫉妒而制造流言蜚语，善恶忠佞，清者自清。习近平主席的理念着眼点是整个人类，而不是某个国家、某个地区。

泰中战略研究中心主任苏拉西·塔纳唐上将多年来致力于中泰交流合作的研究，他经常到中国尤其是云南地区走访调研，了解云南偏远地区脱贫攻坚的发展模式，以及当地教育普及的方式方法。苏拉西·塔纳唐上将认为，中国在很多领域都能成为泰国的楷模，值得泰国研究学习。

记者：您第一次来中国是什么时候？那时的中国给您留下什么印象？

苏拉西·塔纳唐：我初次来中国就留有深刻的印象，那是在1996—1997年的时候。当时负责接待我们的中国朋友非常友好、热情，很真诚、很交心。我对中国的印象都来自当时同行的中国朋友们。

我对中国开始有系统的了解，是在我到西方国家进行研究学习的时候。西方国家的很多研究院非常重视《孙子兵法》的哲学和军事理论研究，包括如何制定战略，如何统领军队。《孙子兵法》不光涉及军事策略、战术制定，还涉及其他领域的统治管理，这使得我开始研究《孙子兵法》在不同领域的应用。这期间我开始研究中国的各个机构，了解中国的发展机制、发展过程和发展模式，因此有机会多次到中国走访。中国就像我的第二故乡。

记者：您如何看中国这些年的发展变化？

苏拉西·塔纳唐：我来自贫困的农村地区，中国在扶贫和实现贫困人口转型方面做出的努力使我感到震惊，我希望能多看到中国边远贫困地区的发展经验，这些地区就和我之前的家乡一样，远离大城市的繁华，但是中国政府和人民对贫困地区的关注程度，对边远地区的扶持力度令我惊叹。

对于泰国来说，中国发展最有借鉴意义的地方是中国的南部省份，特别是云南地区。我们有相似的文化和生活方式，他们的发展模式值得我们研究和借鉴。

教育普及是中国发展的又一大成就。教育改革是一个漫长的过程，需要极大的耐心和毅力，需要社会各界人士参与其中，共同努力。中国的教育改革及发展也是值得我们研究的课题，我现在正在与中国云南省的研究机构进行相关项目的研究合作。

记者：在您看来，中泰两国未来应该在哪些领域加强合作？

苏拉西·塔纳唐：作为一名研究人员，我认为中国在很多方面都可以为泰国提供帮助。首先是研究资金，然后是大量的高素质的研究人员，中国在这一方面资源丰富。其次，我称之为“过程”，也就是培养未来新一代科研人员的过程。过去，泰国的科研人员不被重视，大家都认为研究人员有一股穷酸气，他们没有得到与其贡献相匹配的报酬。中国的做法很有借鉴意义，中国投入了大量的资金和资源来培养科研人员和教师，现在的中国涌现出一大批人才。中国可以帮助泰国创建更多联合项目来培养泰国科研人才，通过这些联合项目，泰国研究人员将有机会像中国学者学习，获得更多的研究信息。科研合作能增强双方政府和人民之间的理解和信任，推动两国关系更好的发展。

记者：中国提出的“一带一路”倡议受到国际社会广泛关注，但也有一些不同的声音，您如何看？

苏拉西·塔纳唐：首先有质疑是很正常的现象，中国应该对此有所准备。这些质疑产生的原因，我认为有三点：第一，我用“失败感”这个词来形容。在我看来，西方国家害怕失去自己曾经拥有的东西，作为长时期全球科技、贸易领域发展的主导者，他们害怕失去自己的领先地位。第二，某些西方国家，其实就是美国担心自己落后于中国。现在的中国，很多领域的技术都与美国不相上下，比如在电动汽车领域，中国的技术完全不输于美国和其他西方国家。再比如 5G 通信技术，5G 技术是西方担心自己落后于中国的关键，中国发展得太快了，拥有太多极具潜力的人才和技术，美国担心很多国家会选择与中国合作而不是美国。如果这种情况持续下去，美国在其他领域的投资也会遇到挑战。所以，这样的舆论来源于担心自己的地位被中国超越的人。

其实有很多国家包括西方发达国家已经在同中国合作了，意大利、卢森堡、瑞士，他们已经和中国签订了“一带一路”谅解备忘录，所以我认为今后这种质疑会越来越少。

总会有一些人因为嫉妒而制造流言蜚语，善恶忠佞，清者自清。习近平主席的理念着眼点是整个人类，而不是某个国家、某个地区。

记者：您如何看亚洲文明的特点？

苏拉西·塔纳唐：我们必须承认，亚洲文明在不同地区存在差异，但亚洲文明也有很多相似或共通之处。正如习近平主席在亚洲文明对话大会上提到的，亚洲文明的特点在于不同文明之间的相互尊重，尊重他人是我们东方国家所共有的价值观。

另一个共同点在于，我们深知文明是多样并且有差异的，所以亚洲人民不会歧视其他文明。简单地说，我们乐于看到文化的多样性，美人之美，美美与共。

第三个共同点在于各国之间的平等相待。在亚洲社会或者亚洲国家中，我们经常说的一句话是：我们是兄弟国家。西方国家很难理解我们为什么要以兄弟相称，中国和泰国经常提到的一句话是：“中泰一家亲”。这种兄弟关系体现了两国人民之间的情谊，也让我们能够彼此包容谅解。

最后一点，亚洲文明开放包容。我认为东方世界能够做到相互开放包容，也会影响到西方国家。

习近平主席一直强调文明交流互鉴的理念。深化文明交流互鉴能够让我们彼此增进理解。习近平主席以古丝绸之路上的繁荣为启示，呼吁我们将这样的繁荣带入 21 世纪新的国际环境中。我们要理解文明的由来，理解地区间的差异，理解不同文化的差异，才能够理解未来合作的新方向；封闭的文明必将走向衰落或灭亡，我们要坚持开放，互学互鉴，文明才能适应不同时代背景并得以发展。

延伸阅读：

1. 中泰科研人员联合培养：中国与泰国已经开展了很多校际交换与联合培养项目。近年来，在“一带一路”框架下，无锡太湖学院、河南财经政法大学、成都大学等中国高校与和泰国格乐大学、清迈大学相继建立校际合作关系，在双方下设院系之间设立硕士、博士联合培养项目，涉及数字创新、金融、影视、媒体、艺术等多个领域。作为“一带一路”框架下的人文合作项目，中泰科研人员联合培养项目将助力两国未来合作提质增量，造福中泰人民。

2. 意大利、卢森堡、瑞士加入“一带一路”倡议：2019 年 3 月 23 日，意大利和中国政府签署了关于共同推进“一带一路”建设的谅解备忘录，成为首个正式加入“一带一路”倡议的 G7 国家。2019 年 3 月 27 日，卢森堡和中国签署谅解备忘录，成为继意大利之后第二个加入中国“一带一路”倡议的欧盟国家。2019 年 4 月底，中国和瑞士正式签署了“一带一路”合作谅解备忘录。上述欧洲三国加入“一带一路”倡议，是对西方关于“一带一路”倡议质疑的有力回应，对其他欧洲国家也起到了积极的示范作用。

◆ 宫本雄二

世界需要新时代的中国智慧

——专访日本前驻华大使宫本雄二

中国有这么多好东西，我希望和世界各国的朋友们一起，来寻找符合现代社会需要的中国智慧。

从世界到中国——发展与梦想

说起对中国的了解，日本前驻华大使宫本雄二无愧于“中国通”这个称号。从驻华公使到驻华大使，他亲历了北京奥运会、上海世博会等发生在中国的重大事件，目睹了中国社会的巨变，尤其是中国经济水平的提高，让中国和中国人民对世界的认识发生了很大变化，世界也因此更加认识到中国的重要性。在2019年举行的亚洲文明对话大会上，宫本雄二就中国的发展与变化、中日关系、全球化及自由贸易、亚洲文明互鉴等话题接受记者采访。

记者：您第一次来中国是什么时候？

宫本雄二：我第一次来中国是在1974年1月，陪同日本当时的大平外相访问中国。那时候，我们转经香港、广州，用了两个晚上三天时间，才从东京到达北京。

记者：在您看来中国这些年最大的变化是什么？

宫本雄二：变化太大了。1978年中国开始施行改革开放政策，之前之后中国的变化非常大。改革开放40多年来，中国一个阶段一个阶段地发展下来，每个阶段的面貌都不一样。中国的发展远远超乎人们的想象。

记者：在您看来，推动中国发展的主要动力是什么？

宫本雄二：中国人民非常勤劳，很愿意做事情，这是主要的动力。当然，也离不开党和政府的领导，这是千真万确的。正确的政策、百姓的积极性，铸造了今天的中国。

记者：习近平主席多次在国际场合阐释“人类命运共同体”的理念，您如何理解这一理念？

宫本雄二：我非常欣赏“命运共同体”的提法，你帮我，我帮你，互相依靠、互相帮助、互相合作的关系就叫做“命运共同体”。如何才能实现命运共同体？我们要思考支撑它的理论框架依据是什么，一个个地落实下去，就能够真正地实现命运共同体。

记者：关于中国提出的“一带一路”倡议，国际舆论中不时会有些不同的声音，您如何看这一现象？

宫本雄二：有一个很重要的事实，中国是一个一直在改革的国家。六年前的中国和现在的中国一样吗？不断地推动改革就是中国的特色。质疑“一带一路”倡议的人想象不到之后中国会采取怎样的措施来调整各种各样的构想，我认为它会朝着很积极的方向发展。

记者：您如何看亚洲各国文化之间的共同点？

宫本雄二：习近平主席在首届亚洲文明对话大会上的主旨讲话中，亚洲文明没有被翻译为“Asian Civilization”，而是“Asian Civilizations”。中文没有复数概念，这个译法意味着亚洲文明本身就是多样化的。我们拥有多样化的亚洲文明，需要找出彼此的共通点，加强彼此对世界的贡献，这是我的基本思路。

记者：您觉得，日本文明对亚洲乃至世界文明的主要贡献是什么？

宫本雄二：日本文化、日本文明首先是学习了中国的文明和文化。近代150年，我们又学习了西方的文明和文化，并将其与自身的文明和文化融合起来，形成现在的日本文明与文化。所以日本的特点是能够消化吸收不同的文明和文化，然后变成自己的。这一点很多国家可以借鉴。现在，单一国家的文明不可能在这个世界上存活，要互相学习。日本的经验可以作很好的参考。

记者：中国在亚洲的发展中应该发挥怎样的作用？

宫本雄二：中国虽然是新兴大国，但更是成就大国，在历史上、文化上有很多东西都可以供别国借鉴。中华民族有很大的智慧，问题是能不能找到这些智慧并将之带到全世界，我相信可以。这对中国，对亚洲，甚至对全世界来说都是好消息。我希望中国朋友们多多学习自己的文化，自己的好传统。我常和中国朋友开玩笑：做中国人很辛苦，学习自己的文化需要很长时间，日本人学习老祖先的各种书籍，到 30 岁差不多就可以看完了，中国朋友们到 70 岁还在看。中国有这么多好东西，我希望和世界各国的朋友们一起，来寻找符合现代社会需要的中国智慧。

记者：日本进入了“令和”时代，我们是否可以期待德仁天皇继续助力两国关系回暖？

宫本雄二：历史是绝对不能忘记的，但是历史不能阻碍中日关系的发展。我们有了新的天皇，日本人感觉到新的时代来临，对中国会持有新的看法。同样，中国也在变化，把时代的变化作为一个契机，把中国的变化也作为一个契机，两国关系一定会向好的方向发展。

记者：随着美国退出多个国际协议，中、日、韩三国在推动全球化以及自由贸易进程中应如何加强合作？

宫本雄二：虽然第二次世界大战结束后的世界秩序是由欧美国家主导建立的，但是第二次世界大战后的新秩序所组成的理念和原则现在还是适用的。美国要脱离、放弃这个国际秩序，日本也好，中国也好，德国也好，认为现在的国际秩序符合全人类根本利益的国家要站起来，携手加强合作，维护发展现有的国际秩序。现有的国际秩序有不足的地方，我们共同弥补、加强、改善，保护全人类应有的利益。

记者：在推动提升亚洲话语权，增强亚洲影响力方面，我们可以做些什么？

宫本雄二：第一，我们要做好事情。第二，我们的宣传能力还是不如西方国家，我们要好好研究如何把我们的想法，我们的立场，传达给不同文化的人。这不仅是中国，也是日本的问题。

延伸阅读：

1. 中日文化交流：根据中日两国的考古发掘，中日之间的文化交往可追溯至秦代徐福东渡。据中国史书记载，徐福先后领数千名童男童女，百工五谷“东渡”，最终“得平原广泽，止，王不来”。在日本，因为带来了先进的农业栽培技术、冶炼技术和医药技术，极大地促进了当地社会文化的发展，徐福被日本人民尊为农神和医神。隋唐时期，中日之间交往更为密切，日本派遣为数众多的遣隋使、遣唐使前往中国求学，并将儒家文化、建筑技术，以及中原王朝的三省六部官制引入日本。遣唐使阿倍仲麻吕终生仕唐，中国高僧鉴真为了引传佛法先后六次东渡等均成为中日文化交往的明证。

2. 令和时代：令和，日本新年号。出自《万叶集·梅花歌卅二首并序》中的“于时初春令月，气淑风和”。“令和”是日本历史上的第 248 个年号，也是首次使用日本古代典籍作为引用来源。2019 年 4 月 1 日，日本官房长官菅义伟宣布，“令和”被选为日本新年号，是日本第 126 代天皇的年号。2019 年 4 月 3 日，日本外务省向全球媒体公布了其官方英译版本：“Beautiful Harmony”。2019 年 5 月 1 日零时，日本正式启用“令和”为年号。

下　篇

“一带一路”青年创意与遗产

◆ Setine Hovhannisyan

我期盼一个多多交流、多多融合的世界

——Armenia（亚美尼亚）：Setine Hovhannisyan

人类社会发生过的很多战争，起因都是因为彼此缺乏信任和交流，所以我期待国家之间、人与人之间能够保持畅通无阻且有效的交流沟通。

我叫 Setine Hovhannisyan，来自亚美尼亚，今年 20 岁。

我是一名艺术专业的学生，现在在俄罗斯学习。

我对世界最大的梦想是，期盼一个多多交流、多多融合的世界。人类社会发生过的很多战争，起因都是因为彼此缺乏信任和交流，所以我期待国家之间、人与人之间能够保持畅通无阻且有效的交流沟通。

中国在国际社会有很大的话语权，在很多领域都处在领先的地位，所以我认为中国在促进世界沟通交流方面能发挥巨大的作用。

中国是世界上最伟大的国家之一，我希望中国能保持一如既往地持续发展，在经济发展的同时，也能让中国的文化和艺术更加繁荣！

今年是中华人民共和国成立 70 周年，中国，生日快乐！

延伸阅读：

亚美尼亚共和国（Republic of Armenia），位于亚洲与欧洲交界处的外高加索南部的内陆国。面积 2.97 万平方公里。截至 2019 年 1 月，亚美尼亚总人口为 296.92 万。官方语言为亚美尼亚语，居民多通晓俄语，主要信仰基督教。

2015 年 3 月，中国与亚美尼亚签署《中华人民共和国和亚美尼亚共和国关于进一步发展和深化友好合作关系的联合声明》，在这份声明中，亚美尼亚表达了愿意参与“一带一路”倡议。

2019 年 5 月 26 日，中国与亚美尼亚签署了互免持普通护照人员签证的协定。根据协定，持中国普通护照的中国公民以及持亚美尼亚普通护照的亚美尼亚公民，在缔约另一方入境、出境或过境，自入境之日起每 180 日内累计停留不超过 90 日，免办签证。协定将在分别经过中国和亚美尼亚国内最高立法机构的批准后正式生效，其将有力带动两国民间的旅游、访学、投资等活动，促进两国民心相通。

◆ Assietou Kane

我理想的世界是包容和充满信心的

——Senegal（塞内加尔）：Assietou Kane

我理想中的世界，是一个包容和充满信心的世界，没有不公正和不平等，也没有种族偏见，人们不互相敌视，而是为全人类的幸福而努力。

我叫 Assietou Kane，来自塞内加尔。

我最大的梦想就是希望非洲能意识到自己拥有的自然资源和文化遗产，并以这些资源带动自身发展，让整个社会平等受益。我希望非洲在经济上能更有活力和竞争力，在政治上独立自主，社会文化上则丰富多彩。

我理想中的世界，是一个包容的和充满信心的世界，没有不公正和不平等，也没有种族偏见，人们不互相敌视，而是为全人类的幸福而努力。在我理想的世界中，每个人都可以按照自己的想法生活，同时尊重自然，对人类及生命有深刻的理解。

我认为作为世界大国，中国为世界作出了难以置信的巨大贡献。例如，中国在国际舞台上为弱小国家仗义执言，最大限度地维护有利于小国弱国的政策。中国还通过分享知识和技术加强与发展中国家的合作。中国是经济腾飞的模范，此外，中国在保持文化开放的同时巩固自身文化遗产方面也是非洲的榜样。

我愿借此机会，代表塞内加尔人民祝中国生日快乐，祝愿中国人民未来更加幸福快乐，祝中华人民共和国升平日久，繁荣昌盛！

延伸阅读：

塞内加尔共和国（The Republic of Senegal），位于非洲西部凸出部位的最西端，素有“西非门户”之称，首都达喀尔，面积 19.6 万平方公里，人口 1572.6 万（2018 年）。全国有 20 多个民族，官方语言为法语。渔业是塞内加尔经济主要支柱之一。

塞内加尔是第一个同中国签署“一带一路”合作文件的西非国家。塞内加尔支持“一带一路”倡议，愿意积极参与互联互通建设。2018 年 12 月，由中国承建的捷斯—图巴高速公路建成通车，作为“振兴塞内加尔计划”的旗舰工程，捷图高速将进一步完善塞内加尔高速公路网络，密切沿海城市和内陆地区联系，便利人员物资流动，促进沿线地区经济社会发展，成为一条繁荣之路，希望之路。

◆ Fouzia Reza

人类不应因为贫富、文化和宗教差异而彼此隔离

——Bangladesh（孟加拉）：Fouzia Reza

我希望这个世界能更加包容，人们能彼此合作。这样的合作超越种族，超越宗教，超越国家。

我叫 Fouzia Reza，来自孟加拉国。我是一名教师，在一所大学里教授英语与东方历史和宗教。

我的梦想是成为一名学者，做学术研究。我认为学术研究能将不同文化背景的人们紧密地联系起来，更好地服务于全人类。

孟加拉国刚刚被认定为最不发达国家，我们要做的还有很多。但是我们很幸运，因为国际社会正处在大变局之中，这给了我们很多机会。孟加拉国也是个有梦想的国家，我们因为梦想而充满活力。

我希望这个世界能更加包容，人们能彼此合作。这样的合作超越种族，超越宗教，超越国家。我们需要正面新闻，媒体应该多多讲述个人故事，传播正能量。其实通过个人故事的刻画，我们就会了解人与人之间没有那么多的不同，人类不应因为贫富、文化、宗教差异而彼此隔离。

今年是中华人民共和国成立 70 周年，生日快乐，中国！

中国是个可爱的国家，祝愿你未来幸运满满，也祝愿中孟两国友情长存！

延伸阅读：

孟加拉人民共和国（People’s Republic Of Bangladesh），简称孟加拉国，南亚国家，位于孟加拉湾之北，东南山区一小部分与缅甸为邻，东、西、北三面与印度毗连，并在北方边境尚有大量飞地，全国总面积为 147570 平方公里。人口约1.6亿，伊斯兰教为国教。孟加拉语为国语，英语为官方语言。

中国是孟加拉国最大的贸易伙伴和进口来源国，孟加拉国是中国在南亚地区第三大贸易伙伴。自孟加拉国加入“一带一路”以来，两国合作成果显著。2018 年 12 月，中企参与孟加拉国首都环城公路项目建设合同签署，该工程投资规模约 3.84 亿美元，是孟加拉国第一条以公私合营方式建设的封闭式收费高速公路。另外，孟加拉国最大的刷卡机终端服务商花旗银行于 2018 年 11 月与银联签署合作协议，全球 70 万银联持卡人将可通过花旗银行网络在孟加拉国进行刷卡机终端、二维码和电商支付，该合作将有力拉动中国公民赴孟旅游、投资、经商。

◆ Amal

我希望这个世界没有性别歧视、就业机会均等

——Brunei（文莱）：Amal

我希望看到一个更加包容、更加开放的世界。我希望这个世界没有性别歧视，人人都有均等的就业机会。总的来说，我期待一个更美好的世界。

从世界到中国——发展与梦想

大家好，我叫 Amal，来自文莱。我是一名来自文莱伊斯兰大学的大四学生，也是一名兼职的文案编辑和媒体教育者。

我的梦想是能够提高文莱的媒体文学和数字文学意识。

我希望看到一个更加包容、更加开放的世界。我希望这个世界没有性别歧视，人人都有均等的就业机会。总的来说，我期待一个更美好的世界。

中国政府经常为在中国交流学习的外国学生提供资金及其他方面的帮助。中国的“一带一路”项目更是给外国年轻人提供了广阔的发展平台。对我而言，中国为我和其他留学生提供了文化交流的平台，也为我们了解世界开了一扇窗。

祝福新中国 70 岁生日快乐！

延伸阅读：

文莱达鲁萨兰国（Negara Brunei Darussalam，又称文莱伊斯兰教君主国；Negara 意为“国家”，而 Darussalam 意为“和平之邦”，寓意警惕，并求安定），简称文莱（Brunei）。

文莱位于亚洲东南部，首都为斯里巴加湾市。国土总面积为 5765 平方公里，人口约 42.13 万，马来人在总人口中约占 65%，华人占 10.2%，其他种族占 24%。国语为马来语，通用英语，华人使用中文较广泛。伊斯兰教为国教，其他还有佛教、基督教等。

文莱是以原油和天然气为主要经济支柱的国家，经济长期依靠石油。由于近年来油价下跌，政府提出“2035 宏愿”，推动经济多元化，其中渔业是重点发展的产业之一。在“一带一路”框架下，中国企业协助文莱打造渔业研发中心。2018 年 10 月，文莱养殖鱼首次实现出口，为文莱渔业开拓国际市场踏出第一步。文莱研究机构也与中国企业合作，未来将培养大量相关人才，推动两国在海洋研究与开发上进行深入合作。

我希望人们能接纳不同的文明

——Indonesia（印度尼西亚）：Mariyam Yasmin Baagil

◆ Mariyam Yasmin Baagil

我希望世界能更包容，人们能接纳不同的文明，对他国的文化多一些包容和理解，以便更好地了解彼此。

我叫 Mariyam Yasmin Baagil，来自印度尼西亚。

我的梦想是运用自己的知识，创造美好未来，让世界更美好。

我希望世界能更包容，人们能接纳不同的文明，对他国的文化多一些包容和理解，以便更好地了解彼此。

中国以其影响力，可以在国际文化交流方面起到带头作用。我参加过很多中国举办的国际交流活动，中国通过这些活动向不同国家的人们介绍中国，让外国人了解中国文化，体会不同文明的碰撞和融合，我觉得很有趣。我认为这是介绍一个国家的最好方式。

祝福你中国，祝你未来更好！

延伸阅读：

印度尼西亚共和国（Republic of Indonesia），是东南亚国家，首都为雅加达，全国人口约 2.62 亿，名列世界第四。国内有数百个民族，民族语言超过两百种，官方语言为印尼语。约 87% 的人口信奉伊斯兰教，是世界上穆斯林人口最多的国家。

印尼近年来正在着力进行海上高速公路建设，力图将自身打造为全球海上支点。在此背景下，中国和印尼以积极态度促进 21 世纪海上丝绸之路倡议与印尼的海洋发展战略对接。两国切实推动雅加达至万隆高铁项目顺利实施，并拓展在基础设施建设、产能、贸易、投资、金融、电子商务等领域的合作，打造更多旗舰项目，更好地维护和发展两国共同利益。

◆ Shakhzoda

我希望人们都能忠于内心

——Uzbekistan（乌兹别克斯坦）：Shakhzoda

我希望在未来，人们都能忠于内心，追随自己最真实的梦想和目标，而不是一些肤浅的物质性的事物。

我的名字是Shakhzoda，我来自乌兹别克斯坦。

我的梦想是成为一名艺术家。艺术是自我表达很重要的一个方式，通过艺术，人们可以向世界说出自己最真实的想法。

我希望在未来，人们都能忠于内心，追随自己最真实的梦想和目标，而不是一些肤浅的物质性的事物。

中国正在努力让这个世界变得更好，中国举办了很多国际文化交流项目，为不同国家的年轻人提供更大的平台，帮助他们追随梦想。

我祝愿中国越来越美！

延伸阅读：

乌兹别克斯坦共和国（The Republic of Uzbekistan），位于中亚，是世界上两个双重内陆国之一（双重内陆国即本国是内陆国家，周围邻国也是内陆国家的国家。世界上仅有乌兹别克斯坦共和国和列支敦士登公国为双重内陆国）。首都为塔什干。国土面积44.89万平方公里，人口3308万（截至2018年12月），全国共有130余个民族，主体民族为乌兹别克族，此外还有俄罗斯族、塔吉克族、哈萨克族等。乌兹别克语为官方语言，俄语为通用语言。多数居民信奉逊尼派伊斯兰教，其余多信奉东正教。

乌兹别克斯坦积极响应参与“一带一路”倡议。2018年4月，乌外交政策优先方向法令公布。根据法令，乌兹别克斯坦将同中国在落实“一带一路”倡议、基础设施现代化、农业现代化、吸引中国资金和技术建设工业园区等领域加强合作。乌方将同中国合作建设中国—吉尔吉斯斯坦—乌兹别克斯坦铁路。乌兹别克斯坦还希望扩大对中国出口，计划到2020年时将乌中贸易额扩大到100亿美元。

我希望人们都能回归本真

——Lattvia（拉脱维亚）：Ervins Gorelovs

◆ Ervins Gorelovs

我们有社交网络、微信、脸书，但是人们似乎忘记了如何进行有效的交流沟通。我希望未来人们能回归本真，科技的发展不应让人们忘记最简单的技能。

我是拉脱维亚人，我的名字是 Ervins Gorelovs。

我有一个很大的梦想，我希望人们都能回归本真。现在高科技、人工智能技术已经发展到相当惊人的阶段，而且在逐步地应用到我们的日常生活中，中国在这些方面也取得了傲人的成绩。我觉得在这一过程中，人们很容易迷失自我，甚至忘记了要如何做人，如何做事。我们有社交网络、微信、脸书，但是人们似乎忘记了如何进行有效的交流沟通。我希望未来人们能回归本真，科技的发展不应让人们忘记最简单的技能。

中国是个伟大的国家。幅员辽阔，人口众多，有着巨大的世界影响力。中国现在做的事就是把不同国家的人联系在一起，互相学习，共同发展，这一点难能可贵，我希望中国能继续这方面的努力，让世界更好地连结。

今年是新中国成立 70 周年，我祝福中国强盛康泰！中国已经是个强盛的大国了，但是在均衡发展方面还有不少挑战，我希望中国能更健康地发展！

延伸阅读：

拉脱维亚共和国（The Republic of Latvia），位于欧洲东北部，西邻波罗的海，东与俄罗斯、白俄罗斯两国相邻，首都为里加。全国总面积 64589 平方公里，全国人口约 193 万。官方语言为拉脱维亚语，通用俄语。主要信奉基督教、路德教派和东正教。

虽与中国距离遥远，但“一带一路”倡议推进了中拉两国的交流合作。2018 年 9 月，两国政府签署《中华人民共和国政府和拉脱维亚共和国政府科学技术合作协定》。根据该协定，中拉双方将成立政府间科学与技术合作委员会，定期召开双边科技例会，交流双方研究与技术合作发展的情况。双方将致力于促进两国的科研机构、高校和企业组织参与双边科学会议和展览等活动，在双边确定的优先合作领域开展人员交流和技术研发合作，共建联合实验室或联合研发中心等。中拉双方将以协定的签署为契机，充分利用

“一带一路”倡议和“中国—中东欧国家合作”平台，加强两国科技界的了解与互信，推动双方在科技研发和创新领域的务实合作，促进两国的经济和社会发展。

◆ Shari Petti

我希望世界更加公平

——Trinidad and Tobago（特立尼达和多巴哥）：Shari Petti

我希望未来的世界能够更加公平，同时，我希望能消除战争，全世界的人们都能好好相处，接受彼此的差异，和谐共存。

我叫 Shari Petti，来自特立尼达和多巴哥。

我的梦想是世界更加公平。现在的世界缺失公平，只有部分人能获得人权保障以及资源，还有一些人连生存权都难以保障。我希望未来的世界能够更加公平，同时，我希望能消除战争，全世界的人们都能好好相处，接受彼此的差异，和谐共存。

中国文化博大精深，他们对自己的传统文化也保护得很好。其他国家可以向中国汲取经验，学习如何继承本国的文化遗产，如何让别的国家欣赏并理解自己的文化，最终全人类的文化都应彼此联结，成为一个整体。

祝福新中国的 70 年华诞，我希望中国可以继续保护好他们的文化，为世界人民作出良好表率！

延伸阅读：

特立尼达和多巴哥共和国（Republic of Trinidad and Tobago），位于中美洲加勒比海南部，紧邻委内瑞拉外海。全国是由两个主要的大岛特立尼达岛与多巴哥岛，再加上 21 个较小岛屿组成的，而全国大部分的人口，都集中在特立尼达岛之上。印度裔和非洲裔为两大主要族裔，英语为官方语言和通用语，居民多信奉基督教新教。

2018 年 5 月，中特两国签署《中华人民共和国政府与特立尼达和多巴哥政府关于共同推进丝绸之路经济带和 21 世纪海上丝绸之路建设的谅解备忘录》。该文件是中国与加勒比地区国家签署的首份政府间共建“一带一路”合作文件。中方与特立尼达和多巴哥共和国将深入推进“一带一路”框架下有关合作，以“共商、共建、共享”为原则，加强政策协调与务实合作，促进实现政策沟通、设施联通、贸易畅通、资金融通、民心相通，为构建人类命运共同体作出贡献。

◆ Svetlana Babina

我希望不同国家、不同宗教信仰的人们可以相互交流

——Tajikistan（塔吉克斯坦）：Svetlana Babina

我的愿望是不同国家、不同宗教信仰的人们可以相互交流，共同推动国家间友好和平关系的发展。

我是来自塔吉克斯坦的 Svetlana Babina。我目前在做灾害的人道主义援助工作。

我的梦想是让那些深受灾害之苦的人们能获得人道主义援助，灾难发生后能获得生活必需品。现在的情况是，当一个国家发生了灾难，很多灾民得不到合适的援助，政府与政府之间、政府与人民之间缺乏交流和信任，没有人去询问那些灾民需要什么样的帮助。

我的愿望是不同国家、不同宗教信仰的人们可以相互交流，共同推动国家间的友好和平关系的发展。我希望未来的人们可以畅通无阻地交流，每个人都能多为别人考虑一些。如果只为自己以及自己的国家考虑，我们能看到的只有冲突。但是当我们试着去了解别人的想法，了解其他国家的文化，就会发现合作是可能的，共同点其实是很多的。

随着“一带一路”倡议的提出，中国的影响力正在逐渐扩大。我相信通过这个倡议，中国可以推动不同国家之间建立和平友好的关系。

今年正值新中国 70 年华诞，中国，祝你生日快乐！希望中国能继续保护和发展自己独特、有趣的文化传统。

延伸阅读：

塔吉克斯坦共和国（The Republic of Tajikistan），位于中亚东南部，北邻吉尔吉斯斯坦，西邻乌兹别克斯坦，南与阿富汗接壤，东接中国，境内山地和高原占 90%，其中约一半在海拔 3000 米以上，有“高山国”之称。首都为杜尚别。国土面积为 14.31 万平方公里，是中亚五国中国土面积最小的国家。全国人口为 910 万人（截至 2019 年 1 月），境内共有 86 个民族。国语为塔吉克语，通用语为俄语。多数居民信奉伊斯兰教，多数为逊尼派（帕米尔一带属什叶派）。

塔吉克斯坦始终积极支持和参与共建“一带一路”。2019 年 6 月 15 日，塔吉克斯坦总统拉赫蒙访华，在同中国国家主席习近平的会谈中，拉赫蒙表示，塔方把深化同中国全面战略伙伴关系作为外交优先方向之一，感谢中方长期以来的支持和帮助，愿在“一带一路”框架内加强双方能源、石化、水电、基础设施建设等领域重点项目合作，助推塔吉克斯坦实现工业化目标。两国元首最后签署了《中华人民共和国和塔吉克斯坦共和国关于进一步深化全面战略伙伴关系的联合声明》。

我希望所有家人可以团聚

——Cuba（古巴）：Edurado Rencurrell

◆ Edurado Rencurrell

我希望世界变得更包容、平等，人们之间的贫富差距不再悬殊，大家的基本生活需求都可以得到满足，每个人都可以接受教育，享有医保。

我叫 Eduardo，来自古巴。

我的愿望是希望我的家庭可以团聚，共度时光，共同享受生活。

对于古巴人民，我希望能够提高他们的生活水平，古巴人为此很努力地奋斗，古巴人的家人都天各一方，所以我希望国外的上百万古巴人都能与家人团聚，共同生活。我还希望能有一个机会深入学习了解古巴灿烂的文化，有机会多多旅行，去世界上的其他地方看看。

我希望世界变得更包容，平等，人们之间的贫富差距不再悬殊，大家的基本生活需求都可以得到满足，每个人都可以接受教育，享有医保。人们尊重多样性和互相之间的差异——无论你的肤色、性取向、性别是什么。生而为人，便有意义，有价值。在这个世界里，每个人都很重要。

祝贺新中国 70 年华诞，这是一个美丽的国度。

延伸阅读：

古巴共和国（The Republic of Cuba），位于加勒比海西北部墨西哥湾入口。由古巴岛、青年岛等 1600 多个岛屿组成，是西印度群岛中最大的岛国，首都为哈瓦那。国土面积 109884 平方公里。总人口为 1122.1 万（2017 年）。古巴以西班牙语为官方语言，主要宗教包括天主教、非洲教、新教、古巴教、犹太教等。

古巴官方高度重视与中国的双边贸易并参与“一带一路”建设，希望成为“一带一路”的“地区枢纽”。2018 年 11 月，中古两国签署了《关于共同推进丝绸之路经济带和 21 世纪海上丝绸之路建设的谅解备忘录》。2019 年 7 月 15 日，古巴东部城市奥尔金的火车站迎来了一列崭新中国产铁路客车。至此，古巴首都哈瓦那至奥尔金中断了 13 年的客运线路恢复运营。古巴媒体评论称，随着中国崭新且现代的列车投入运营，古巴的铁路穿上了“礼服”。古巴计划翻新 4000 多公里长的铁路和几十座火车站，到 2030 年前全面实现铁路系统现代化。古巴政府希望为民众提供更好的火车客运服务，中国客车为该计划提供了有力保障。

◆ Denisse Gonzalez

我希望世界可以无国界

——Dominican Republic（多米尼加共和国）:Denisse Gonzalez

我希望世界可以无国界，人与人和谐共处，没有歧视和偏见，就像一个大家庭。

我是来自多米尼加共和国的 Denisse Gonzalez。

我的梦想是成为我们国家最优秀的建筑师，为我们的文化注入新的元素，为人们的生活做一些积极的改变。我很愿意听到关于建筑的故事，我来中国就是想学习这方面的知识。我也希望每个人都能做想做的事情，比如想要学习就能去学习。我希望世界可以无国界，人与人和谐共处，没有歧视和偏见，就像一个大家庭。

我佩服中国在文化保护和传承中所作的努力，我希望你们能继续保持下去！

我真心祝福中国不断发展壮大，为改变世界作出更多贡献。祝中国生日快乐！

延伸阅读：

多米尼加共和国（The Dominican Republic），位于加勒比海伊斯帕尼奥拉岛东部，西接海地，南临加勒比海，北濒大西洋，东隔莫纳海峡同波多黎各相望，首都为圣多明各。国土总面积 48734 平方公里，人口为 1083.53 万（2017 年）。其中，黑白混血种人和印欧混血种人占 73%，白人占 16%，黑人占 11%。多米尼加以西班语为官方语言。90%以上居民信奉天主教，少数人信奉基督教新教和犹太教。

2018 年 5 月 1 日，中国国务委员兼外交部长王毅在北京与多米尼加外长巴尔加斯签署《中华人民共和国和多米尼加共和国关于建立外交关系的联合公报》，中多两国正式建交。同年 11 月 2 日，多米尼加总统梅迪纳访华期间，中多两国签署了《中华人民共和国政府与多米尼加共和国政府关于共同推进丝绸之路经济带和 21 世纪海上丝绸之路建设的谅解备忘录》。在短短几个月中，中多关系取得了蓬勃发展。作为中美洲和加勒比地区最大经济体，多米尼加在加勒比地区的“一带一路”建设中势必发挥更加重要的作用。

◆ Undariya Rinchin

我希望人人都有平等受教育的机会

——Mongolia（蒙古国）：Undariya Rinchin

我希望这个世界没有战争，人们都有平等受教育的机会。我认为教育非常重要，教育发展地好，才能培养出更多高素质的人才，实现更多可持续发展的目标。

从世界到中国——发展与梦想

我是来自蒙古国的 Undariya Rinchin。

我希望这个世界没有战争，人们都有平等受教育的机会。我认为教育非常重要，教育发展地好，才能培养出更多高素质的人才，实现更多可持续发展的目标。

我觉得未来将会是一个和平繁荣的世界。我们居住在同一个世界，所有的国家都应该携手并进，为更好的明天而努力。

古代丝绸之路将中国与西方世界联结，并实现了经济繁荣与文化复兴。我希望今天的“一带一路”倡议能再一次为世界带来繁荣与复兴。

祝新中国 70 岁生日快乐！希望中国一切都好！

延伸阅读：

蒙古国（Mongolia），位于中国和俄罗斯之间，首都为乌兰巴托。国土面积为 156.65 万平方公里，人口约 320 万人（截至 2019 年 1 月），是世界上人口密度最小的国家。喀尔喀蒙古族约占全国人口的 80%，此外还有哈萨克等少数民族。主要语言为喀尔喀蒙古语。居民主要信奉喇嘛教。

蒙古国作为中国的近邻，在“一带一路”建设中具有重要地理位置。蒙古国“发展之路”倡议与中国“一带一路”倡议高度契合。许多蒙古国政商界人士认为，积极参与“一带一路”建设，抓住中国经济发展带来的机遇，有利于蒙古国摆脱经济困境。2018 年 4 月，蒙古国外交部长朝格特巴特尔批准了“一带一路——旅行便利化倡议”计划。同年 8 月，乌兰巴托成吉思汗国际机场“一带一路”便捷通道正式开通。蒙古国参与“一带一路”将有助于“中蒙俄经济走廊”的建设。

蒙古国一直努力吸引更多中国游客。数据显示，2018 蒙古国接待外国游客近 53 万人次，其中超过 30% 是中国游客。多年来，中国始终是蒙古国旅游业的最大市场。

◆ 陆思敏

我希望未来的世界充满爱与和平

——China（中国）：陆思敏

未来的世界将会充满爱与和平，这也是我想要为之努力的方向、我所呼吁的未来。在“一带一路”倡议下，我们每个人互帮互助，建立信任、信仰以及爱。

我是来自中国的陆思敏。

我参加过三届“一带一路”青年创意与遗产论坛，未来我希望能沟通世界各地青年代表，成为连接中国与世界的纽带。在第一届论坛上，我听过这么一句话，文化是通往和平的路径。我认为未来的世界将会充满爱与和平，这也是我想要为之努力的方向，我所呼吁的未来。在“一带一路”倡议下，我们每个人互帮互助，建立信任、信仰以及爱。

今年是中华人民共和国成立 70 周年，生日快乐，我的祖国！

◆ Seyeong

我希望世界多彩多样

——Korea（韩国）：Seyeong

我希望世界可以变得更多彩多样，国与国之间、人与人之间能实现相互尊重，只有相互尊重才能实现和平。

我是来自韩国的 Seyeong。

我希望世界可以变得更多彩多样，国与国之间、人与人之间能实现相互尊重，只有相互尊重才能实现和平。我正在研究和平与斗争学，我想为世界和平做出贡献。我也想了解文化遗产在推动实现世界和平上能起到什么作用。

今天的中国文化多元并包容，中国的“一带一路”倡议使这个世界越发融合，它将加入“一带一路”倡议的国家连接到了一起，让它们彼此协作，化小异为大同，我认为这个倡议促进了世界和平。

今年是中华人民共和国成立 70 周年，祝中国生日快乐！我希望中国能更加繁荣多样，向世界展示中国人民的幸福面貌，希望中国一切都好。

延伸阅读：

韩国（Republic of Korea），位于东亚朝鲜半岛南部，总面积约 10 万平方公里（占朝鲜半岛面积的 45%），主体民族为韩民族，通用韩语，总人口约 5164 万。

2019 年 6 月 27 日，中国国家主席习近平在日本大阪出席 G20 峰会期间，与韩国总统文在寅进行了双边会晤。中韩两国领导人表示，要继续加强不同层次的沟通与对话，积极共建“一带一路”，加快中韩自由贸易协定第二阶段谈判，不断扩大贸易、科技、财经、环保等领域合作，共同维护多边主义、自由贸易体制，推动构建开放型世界经济。

◆ Rodney Tinashe Bunhiko

我希望世界相互理解、相互包容

——Zimbabwe（津巴布韦）：Rodney Tinashe Bunhiko

我希望世界在不断变化中，能真正成为充满着和平、相互理解、相互包容的共同体。

我是来自津巴布韦共和国的 Rodney Tinashe Bunhiko。

我想成为一名津巴布韦驻外大使，在世界上某一个地方，代表我的祖国，向世界展示津巴布韦是一个不错的国家，是一个不断发展并取得进步的国家。

我也希望世界在不断变化中，能真正成为充满着和平、相互理解、相互包容的共同体。

中国拥有巨大潜力。中国是一个古老的国家。古代中国人的足迹就踏遍了世界各地，包括津巴布韦，在很多地方都发现了古代中国人带来的精美工艺品，他们为促进中国和非洲的文化交流作出了贡献。现在的中国，通过“一带一路”倡议，也正在连接着世界各国。

我在中国很开心，我喜欢中国菜，我希望能到更多的中国城市看一看。

最后，祝新中国生日快乐！

延伸阅读：

津巴布韦共和国（The Republic of Zimbabwe），1980 年之前称罗德西亚，位于非洲东南部，为内陆国。首都为哈拉雷。国土面积约 39 万平方公里，全国人口约 1690 万。官方语言为英语、绍纳语和恩德贝莱语。58% 的居民信奉基督教，40% 信奉原始宗教，1% 信奉伊斯兰教。

津巴布韦高度重视“一带一路”倡议以及中非高峰论坛机制。2018 年 4 月，津巴布韦总统姆南加古瓦接受新华社记者采访时表示，“一带一路”倡议对促进全球贸易自由化、连通内陆和沿海国家、加快发展中国家经济发展有着重要意义，津巴布韦将全方位参与“一带一路”建设。同年 9 月，姆南加古瓦总统出席了中非合作论坛北京峰会。2018 年 12 月，中国在南部非洲的最大援建项目——津巴布韦新议会大厦正式开工，建成后将成为当地的地标性建筑。该项目是落实“一带一路”倡议、中非“十大合作计划”和“八大行动”的有力举措，也是提升中津两国关系的标志性工程。

我希望世界可以没有边界

——India（印度）：Parshati Dutta

◆ Parshati Dutta

如果通过“一带一路”倡议能实现丝绸之路的复兴，国家之间可以像过去一样自由交流，不同国家的人民、不同文化间也能实现自由交流，那就太棒了！

我是来自印度的 Parshati Dutta。我是一名建筑师，也是文化遗产保护的践行者。

我希望世界可以没有边界。我从印度到中国，经历了各种边检、安检，我觉得丝绸之路的意义，在于实现各国人民自由往来、流通，没有阻碍。如果通过“一带一路”倡议能实现丝绸之路的复兴，国家之间可以像过去一样自由交流，不同国家的人民、不同文化间也能实现自由交流，那就太棒了！

丝绸之路是中国的创举，中国做了一件很伟大的工作。

我希望更多地了解中国，除了大城市，我还想去中国的小城市走走看看。

祝新中国生日快乐！希望你能继续繁荣昌盛！

延伸阅读：

印度（Republic of India），位于南亚，是南亚次大陆最大的国家。领土东北部同孟加拉国、尼泊尔、不丹和中国接壤，东部与缅甸为邻，东南部与斯里兰卡隔海相望，西北部与巴基斯坦交界。首都为新德里。国土面积约为 298 万平方公里。人口为 13.53 亿（2018 年），是一个由 100 多个民族构成的统一多民族国家，主体民族为印度斯坦族。官方语言一般为印地语，通用语言为英语。国内影响力大的宗教有印度教、佛教，伊斯兰教等。

2017 年，印度加入上海合作组织。2018 年，中国国家主席习近平同印度总理莫迪先后进行 4 次会晤。两国领导人表示，中印互为重要邻邦，要增进互信，加强对话、交流、合作，妥善管控分歧，保持中印关系健康发展的势头。

◆ Stefan Palitov

我希望人类共担责任

——The Republic of North Macedonia（北马其顿）：
Stefan Palitov

我的梦想是人类继续进化发展，彼此增进理解，共担责任、共创美好未来。我们进入了一个全球化的时代，我希望不同文化间能有更深层次的合作，变得更加融合。

我是来自北马其顿共和国的 Stefan Palitov。

我的梦想是人类继续进化发展，彼此增进理解，共担责任、共创美好未来。我们进入了一个全球化的时代，我希望不同文化间能有更深层次的合作，变得更加融合。

我认为中国潜力很大，现在发展得很快，是全球事物重要的参与者；与此同时，中国也担负了一些国际责任，和其他国家一起努力营造一个保护文化不再受创伤，各国人民相互协作的国际环境。

中国生日快乐！我希望在 21 世纪，中国能继续发挥重要作用，成为全球更加具有主导性的参与者。

延伸阅读：

北马其顿共和国（The Republic of North Macedonia），1993 年以“前南斯拉夫马其顿共和国”的暂用名加入联合国，2019 年 2 月 11 日马其顿议会通过宪法修正案，将国名改为“北马其顿共和国”。该国位于东南欧的巴尔干半岛，东临保加利亚，北临塞尔维亚，西临阿尔巴尼亚，南临希腊。首都为斯科普里。国土面积 25713 平方公里。人口为 207.5 万（2017 年）。官方语言为马其顿语。居民多信奉东正教，少数信奉伊斯兰教。

2015 年 4 月 22 日，《中华人民共和国商务部和马其顿共和国经济部关于在中马经贸混委会框架下推进共建丝绸之路经济带谅解备忘录》签署，北马其顿正式加入“一带一路”倡议。在此后 4 年里，两国合作逐步取得重要成果。2019 年 3 月，作为“中国—中东欧国家合作 100 亿美元专项贷款”的首批落地项目之一、“一带一路”倡议在巴尔干半岛落地的重要项目，中国公司承建的北马其顿基切沃—奥赫里德高速公路隧道段全线通车，该隧道段位于北马其顿山区，全线 4011 米，是目前北马其顿境内最长的隧道。该高速公路项目全面建成后，将大大改善北马其顿境内交通状况。

我希望世界是和平的、充满创造力的

——Myanmar（缅甸）：MinnAr Kar Tek

◆ MinnAr Kar Tek

我自己的梦想是成为一名老师，和孩子们分享艺术与知识。我相信（未来的世界会是）和平的、充满创造力的。

我是来自缅甸的 MinnAr Kar Tek。

我自己的梦想是成为一名老师，和孩子们分享艺术与知识。

我相信（未来的世界会是）和平的、充满创造力的。

中国的艺术和文化底蕴深厚，我很喜欢中国，中国能为我们带来创意和灵感。

今年是中华人民共和国成立 70 周年，中国，祝你生日快乐。

延伸阅读：

缅甸联邦共和国（The Republic of the Union of Myanmar），位于中南半岛西部。东北与中国毗邻，西北与印度、孟加拉国相接，东南与老挝、泰国交界，西南濒临孟加拉湾和安达曼海。首都为内比都。国土面积 676578 平方公里。总人口约 5371 万（2018 年）。共有 135 个民族，主要有缅族、克伦族、掸族、克钦族、钦族、克耶族、孟族和若开族等，缅族约占总人口的 65%。各少数民族均有自己的语言，其中克钦、克伦、掸和孟等民族有文字。全国 85% 以上的人信奉佛教，约 8% 的人信奉伊斯兰教。

2017 年 5 月 14 日至 15 日，中国在北京主办“一带一路”国际合作高峰论坛，作为论坛成果之一，中国与缅甸签署了政府间“一带一路”合作谅解备忘录。2019 年 7 月，负责价值达 13 亿美元的中缅深水港项目的中资企业启动了环境与社会影响评估（ESIA）和初步地质勘察，这被外界视为该特大型项目取得实质进展的第一个迹象。项目完成后，预计将为中缅两国带来显著的经济效益。

◆ Anna Maria Tomczak

我希望每个人感激自己所拥有的

——Poland（波兰）:Anna Maria Tomczak

我环游世界，遇到很多快乐的人，但他们并不是因为财富而快乐，他们感到快乐，仅仅因为他们是生活在这个世界的人。

我是来自波兰共和国的 Anna Maria Tomczak。

我的梦想是跟随我的热情，做我爱做的事。很多时候人们没有机会去做自己真正想做的事，我希望能追随自己的本真，所以我现在正环游世界，将所到之处见到的人和风景做成视频，发给全世界的朋友们。

我环游世界，遇到很多快乐的人，但他们并不是因为财富而快乐，他们感到快乐，仅仅因为他们是生活在这个世界的人。这一点我觉得我们每个人都应该学习。我们本应感到快乐，感激自己所拥有的，这一点很重要。

我希望世界上每个人都能自由快乐，并感激他们所拥有的一切。

中国人非常努力工作，所以我认为，中国能为世界带来正能量，告诉其他国家应该如何建设和发展，怎样让世界变得更好。

我的中国朋友们，希望你们一切顺利！希望你们能爱自己，过得快乐，笑口常开，健康生活，然后去追求梦想，这真的很重要。

延伸阅读：

波兰共和国（The Republic of Poland），位于欧洲中部，西与德国为邻，南与捷克、斯洛伐克接壤，东邻俄罗斯、立陶宛、白俄罗斯、乌克兰，北濒波罗的海。首都为华沙。国土面积为 312679 平方公里。人口为 3842 万（截至 2018 年 11 月）。其中波兰族约占 97.1%（2016 年），此外还有德意志、白俄罗斯、乌克兰、俄罗斯、立陶宛、犹太等少数民族。官方语言为波兰语。全国约 87% 的居民信奉罗马天主教。

2015 年 11 月，中波两国签署了《中华人民共和国政府与波兰共和国政府关于共同推进“一带一路”建设的谅解备忘录》。波兰加入“一带一路”后，两国间的经贸交流拥有了更广阔的平台。2017 年，波兰将其苹果引入中国市场，并与中国企业合作拓展在华水果贸易。2018 年 1 月，中欧班列（义乌—波兰）运邮测试班列启程，为义乌小商品开辟经济、便利的国际邮件运输新模式。在宏观层面上，波兰作为欧盟中的新兴力量，也将在中欧各领域合作中发挥更大的建设性作用。

我希望能传递中国声音

——China（中国）：蔡晓倩

◆ 蔡晓倩

中国在许多领域都做得非常好，我希望中国能积极，推动“一带一路”倡议发展，传递中国声音。我们关注的不是中国梦，而是世界梦。

从世界到中国——发展与梦想

我是来自中国的蔡晓倩。

我念大学时学的是文学与社会学，那时我就在思考，我们如何利用文化改变产业发展，改变这个世界。

我觉得文化是一种能被不同地方、不同国家的人理解的语言。由此我想到，也许在未来，文化能在青年人的努力下成为一种改变世界的力量。

我认为中国在许多领域都做得非常好，我希望中国能积极，推动“一带一路”倡议发展，传递中国声音。我们关注的不是中国梦，而是世界梦。

今年是新中国 70 华诞，生日快乐祖国!

◆ Salma Takky

我希望人们可以自由通行

——Morocco（摩洛哥）：Salma Takky

我的梦想是环球旅行。我希望未来的世界没有边界，人们可以自由通行。

我是来自摩洛哥的 Salma Takky。

我个人的梦想是环球旅行。我从摩洛哥来，办其他国家的签证会有很多限制，经常被拒签。从这个角度讲，我希望未来的世界没有边界，人们可以自由通行。

我还希望这个世界能更加包容多样性，人们能求同存异，摒弃歧视。

我认为中国现在是全球的主心骨之一，中国举办很多国际合作互动项目，通过这些项目，更多国家的人们能有机会展示自己，并与其他国家进行交流互鉴。我认为这能促进世界和平。

我想借此机会祝中国生日快乐。这次来中国，经历了我人生中最漫长的一段旅途，但我仍然很享受这一过程。感谢中国给我们的这次机会，能来这里我感到很高兴。

延伸阅读：

摩洛哥王国 (The Kingdom of Morocco)，位于非洲西北端。东、东南接阿尔及利亚，南部为西撒哈拉，西濒大西洋，北隔直布罗陀海峡与西班牙相望，扼地中海入大西洋的门户。首都为拉巴特。国土面积 45.9 万平方公里（不包括西撒哈拉 26.6 万平方公里）。人口为 3603 万人（2018 年）。阿拉伯人约占 80%，柏柏尔人约占 20%。国语为阿拉伯语，通用语为法语。信奉伊斯兰教。

摩洛哥拥有绵长的大西洋和地中海海岸线，还有撒哈拉沙漠、雪山、古城等，阿拉伯风情浓郁，旅游资源丰富。自 2016 年对中国公民实施免签以来，中国已成为摩洛哥旅游业重要的亚洲客源国，2018 年共有约 18 万人次中国游客赴摩洛哥旅游，较 2017 年增长 52.5%。摩洛哥旅游、航空运输、手工业与社会经济大臣穆罕默德·萨吉德在接受新华社记者采访时说，摩洛哥和中国的直航线路正在筹备中，希望在 2019 年年底前开通与中国的直航。

2017 年 11 月 17 日，外交部长王毅同摩洛哥外交与国际合作大臣布里达签署了《中华人民共和国政府与摩洛哥王国政府关于共同推进丝绸之路经济带和21世纪海上丝绸之路的谅解备忘录》。摩洛哥成为首个签署该文件的马格里布国家，两国合作站在了新起点。双方政府部门正在加强在“一带一路”框架内的战略对接，推动两国交通和物流基础设施的合作，促进中国加工制造业在摩洛哥落户，并加强金融、信息产业等领域的合作，使摩洛哥成为中国企业开展产能合作的平台、进入非洲和欧洲市场的门户、21世纪海上丝绸之路西端的枢纽。

我最大的梦想就是和平

——Ukraine（乌克兰）：Lev Tymov

◆ Lev Tymov

我的梦想是未来每个人都能拥有平等机会，世界成为一个共同体，人们不管来自哪里，想要做什么，都能有机会去实现目标，追求梦想。当然，和平是第一要义。

我是来自乌克兰的 Lev Tyrnov。

我的梦想是未来每个人都能拥有平等机会，世界成为一个共同体，人们不管来自哪里，想要做什么，都能有机会去实现目标，追求梦想。当然，和平是第一要义。对于乌克兰来说，目前我最大的梦想就是和平。

我不太了解中国，希望在未来我能有更多的机会了解并学习中国的历史和文化，并能到中国更多的地方走走看看。我也希望能在乌克兰看到更多中国面孔，希望中乌两国的交流互动更加频繁。

祝贺新中国 70 岁生日快乐。我希望中国更加繁荣、自由与和平。

延伸阅读：

乌克兰（Ukraine），位于欧洲东部，黑海、亚速海北岸。首都为基辅。国土面积为 60.37 万平方公里。总人口为 4240 万（2019 年 1 月统计，不含克里米亚地区）。境内共 110 多个民族，乌克兰族占 72%，俄罗斯族占 22%。官方语言为乌克兰语，俄语广泛使用。主要宗教信仰为东正教和天主教。

2015 年，中乌双方签署了“一带一路”框架下的合作协议。协议签署 4 年来，中乌合作蓬勃开展。2017 年 10 月，中国新疆交通建设集团与乌克兰国家公路局签署关于改造翻修乌克兰两条交通干道的合同。这是中国企业首次进入乌克兰公路建设市场。2018 年 4 月，中国机械设备工程股份有限公司同乌克兰最大私营能源企业——顿巴斯燃料和能源公司签订合同，将在乌中部地区建设一座 200 兆瓦太阳能电站。2018 年 11 月，乌克兰参加了首届中国国际进口博览会。在“一带一路”框架下，中乌合作将展现出更大潜力。

我想为青年人提供平台

——Pakistan（巴基斯坦）：Namra Nasyr

◆ Namra Nasyr

如果现实中，人们可以像在网络上一样轻松自如地进行国际交流，这个世界将会更加和谐友爱，会少一些仇恨和刻板偏见，多一些理解和通融。

我是来自巴基斯坦的 Namra Nasyr。

我想要为青年人提供平台，让他们去创造一个更加安全、和谐、和平的世界。

我希望可以取消签证。因为跨国人员交流存在的一个阻碍就是签证。如果现实中，人们可以像在网络上一样轻松自如地进行国际交流，这个世界将会更加和谐友爱，会少一些仇恨和刻板偏见，多一些理解和通融。

巴基斯坦的国际形象很负面，所以巴基斯坦人希望通过高科技和其他世界先进技术的发展，塑造一个正面积极的国际形象。巴基斯坦希望能够成为其他新兴小国的榜样，向它们展示一个国家应有的样子。

巴基斯坦今年也 72 岁了，巴中两国是好伙伴，祝中国生日快乐，我希望巴中关系能更好，也欢迎中国朋友到巴基斯坦来。巴基斯坦人非常热情好客，你们一定会爱上这里。

延伸阅读：

巴基斯坦伊斯兰共和国（Islamic Republic of Pakistan），95% 以上的居民信奉伊斯兰教，是一个多民族伊斯兰国家，人口约 2.12 亿，官方语言为乌尔都语和英语。

2017 年 5 月 14 日至 15 日，中国在北京主办“一带一路”国际合作高峰论坛，作为论坛成果之一，中国与巴基斯坦签署了政府间“一带一路”合作谅解备忘录。在“一带一路”框架下，两国致力于合作建设“中巴经济走廊”，以中巴经济走廊为核心，以瓜达尔港、能源、交通基础设施、产业合作为重点的中巴两国“1+4”合作格局日趋完善，这一中国和巴基斯坦精诚合作、互利共赢的典范性项目，也是中巴两国民心相通、普惠各界民众的标志性成果。

◆ Sahan Jayaneththi

希望我的国家更加强大

——Sri Lanka（斯里兰卡）：Sahan Jayaneththi

我希望看到一个和平的世界，世界和平，人们才能过上安定幸福的生活。

我是来自斯里兰卡的 Sahan Jayaneththi。

我的梦想是希望我的国家更加强大，我正在为此努力。我也希望看到一个和平的世界，世界和平，人们才能过上安定幸福的生活。

中国是一个强大的国家，人口多，经济发展好，中国能够在很大程度帮助其他国家。我喜欢中国人，他们非常友好。我希望他们未来能让中国成为最强大的国家。

祝福你中国!

延伸阅读：

斯里兰卡民主社会主义共和国（The Democratic Socialist Republic of Sri Lanka），位于南亚次大陆以南印度洋上，西北隔保克海峡与印度半岛相望。首都为科伦坡。国土面积为 65610 平方公里。人口数为 2167 万（2018 年）。僧伽罗语、泰米尔语同为官方语言和全国语言，上层社会通用英语。居民 70.2% 信奉佛教。

2014 年 12 月，中国和斯里兰卡签署了关于在中斯经贸联委会框架下共同推进“21 世纪海上丝绸之路”和“马欣达愿景”建设的谅解备忘录。据新华社报道，由中国企业承建的莫勒格哈坎达水库项目是斯里兰卡最大规模的水利枢纽工程，“水库建成投入使用后，斯里兰卡中部的灌溉能力得到大大提升，农业生产效率直线上升，许多当地农民就此脱贫”；另一重大项目——普特拉姆燃煤电站有效解决了斯里兰卡部分地区旱季水力发电不足的问题；2019 年 4 月斯里兰卡南部铁路延长线一期工程正式运营通车，极大改善了首都科伦坡与南部城市之间的交通状况。如今随着“一带一路”建设的不断深入，两国合作已经覆盖基础设施建设、农业等诸多领域。斯中“一带一路”合作项目已有机地融入斯里兰卡的经济发展并造福当地百姓。

我希望人们相互欣赏、相互学习

——Portugal（葡萄牙）：Rita Patela

◆ Rita Patela

我希望来自不同国家，有着不同文化背景的人们可以互相交流、欣赏和学习，这样未来的世界将会更美好。

我是来自葡萄牙的 Rita Patela。

我的梦想是成为一名插画师。

我希望来自不同国家，有着不同文化背景的人们可以互相交流、欣赏和学习，这样未来的世界将会更美好。

我希望每个中国人都可以快乐地生活，中国会成为一个更加有魅力的国家。在未来，中国与其他国家可以互帮互助，建立友谊，这就是我对中国的生日祝福。

延伸阅读：

葡萄牙共和国（The Portuguese Republic），位于欧洲伊比利亚半岛的西南部。东、北连接西班牙，西、南濒临大西洋。首都为里斯本。国土面积 92212 平方公里。人口总数为 1028 万（2018 年）。主要为葡萄牙人。外国合法居民约 40 万人，主要来自巴西、安哥拉、莫桑比克等葡语国家及部分欧盟国家。官方语言为葡萄牙语。约 85% 的居民为天主教徒。

2018 年 12 月 5 日，葡萄牙与中国签署共建“一带一路”谅解备忘录，从而成为第一个签署该协议的西欧国家。中葡两国将在和谐、平衡和尊重各自国际承诺的基础上，积极深化政治对话，促进欧亚在交通，特别是通过发展海洋、陆地及空中直接战略连接，能源、数字、人文等领域互联互通，促进自由和公平贸易，密切两国人民在共同关心的领域开展合作和相互了解。葡萄牙接受并加入“一带一路”，也将在西欧发挥积极的示范作用。

技术的创新会让世界发展更好

——Azerbaijan（阿塞拜疆）：Kamal Mirzayev

◆ Kamal Mirzayev

我认为多年后高科技会主导这个世界，技术的创新也会让这个世界发展更好。

我是来自阿塞拜疆的 Kamal Mirzayev。

从小我的梦想都和职业相关，我曾经想成为一名医生、一名宇航员，我现在最大的梦想则是成为一名外交官，在国际社会上代表我的国家。

有人曾侵占了我们国家的土地，我希望我的祖国能把这些失地收回。

我认为多年后高科技会主导这个世界，技术的创新也会让这个世界发展更好。

我从来没到过中国，对中国知之甚少，了解到的东西也都是从网上搜索而来。阿塞拜疆跟中国一直保持着不错的关系，我们欢迎大量的中国游客到阿塞拜疆旅行。阿塞拜疆人也想要多了解中国，并亲自去探索这个美丽的国度。

我想用阿塞拜疆语祝中国生日快乐，一切都好！

延伸阅读：

阿塞拜疆共和国（Republic of Azerbaijan），位于外高加索的东南部，东临里海，南邻伊朗，北靠俄罗斯，东部与哈萨克斯坦、土库曼斯坦隔海相望，西接格鲁吉亚和亚美尼亚。面积 8.66 万平方公里，人口 989.80 万（截至 2019 年 1 月）。共有 43 个民族，其中阿塞拜疆族占 91.6%，列兹根族占 2.0%。官方语言阿塞拜疆语，居民多通晓俄语。

阿塞拜疆于 2015 年与中国签署了关于共同推进丝绸之路经济带建设的谅解备忘录，是中国在欧亚地区的重要合作伙伴，也是最早响应并积极参与共建“一带一路”的国家之一。阿塞拜疆正积极投资建设现代化公路、机场等，以促进与各国间的互联互通，将自身打造成重要的国际交通枢纽国家。巴库—第比利斯—卡尔斯跨国铁路等一系列重要基础设施项目将为中国和欧洲间的货物运输提供更加便捷的通道。

◆ Younoussa Tounkara

我希望年轻人不再远赴欧洲

——Guinea（几内亚）：Younoussa Tounkara

我希望年轻人不再试图出海，冒着生命危险跑到欧洲，而是在我们自己的国家努力工作，把我们的国家建设得更好。

我叫 Younoussa Tounkara，我来自几内亚的首都科纳克里市。我是一名科技企业的青年创业者。

我有一个很大的梦想，在我们的国家建立一个存档系统，目前我们还没有这样的系统，很多档案很快就消失了。所以我想把这些档案数字化，这是一个浩大的工程，我希望在不久的将来这个工程能够实现。

我希望年轻人不再试图出海，冒着生命危险跑到欧洲，而是在我们自己的国家努力工作，把我们的国家建设得更好。

中国已经成为牵动全球经济发展的主要动力，中国的角色至关重要。中国不仅同发展中国家进行经济发展方面的经验交流，也努力促成和它们的文化交流，还有年轻人之间的交流。

我们喜欢习近平主席提出的“一带一路”倡议，这个倡议很有创意和领导力，惠及全体参与的国家。这是关系到所有人的利益、为了未来发展的伟大规划。

今年是中国 70 岁的生日，中国是几内亚的伙伴和朋友，我们自始至终支持中国的发展。我祝愿中国成为世界第一强国，我希望人民币成为国际货币，具有更强的影响力。我希望中国的军力强大，继续为维持世界和平作出贡献！中国，生日快乐！

延伸阅读：

几内亚共和国（The Republic of Guinea），位于西非西岸，北邻几内亚比绍、塞内加尔和马里，东与科特迪瓦、南与塞拉利昂和利比里亚接壤，西濒大西洋。人口 1240 万（2016 年）。全国有 20 多个民族，官方语言为法语。

几内亚是第一个同新中国建交的撒哈拉以南非洲国家。作为我国共建“一带一路”的天然伙伴和重要支点，几内亚资源丰富，是全球最大的优质铝土矿资源国，也是我国第一大进口铝土矿来源国。2019 年 3 月 22 日，由金波铝土矿开发有限公司运营的金波联合港口建设项目奠基典礼在几内亚博法市法塔拉河金波联合港口建设基地举行。该项目建成投产后，不仅能及时满足国内氧化铝企业的铝土矿需求，也将为几内亚当地提供许多就业机会、增加税收、带动地区经济发展。近年来，中几全面战略合作伙伴关系也快速发展。根据商务部消息，2019 年 7 月，几内亚国民议会批准了《几内亚加入亚洲基础设施投资银行协议》，几内亚正式加入亚投行。

◆ Levent Özkan

人们都渴望和平与宁静

——Turkey（土耳其）：Levent Özkan

世界也是如此，人们在追求快乐，追求爱，追求平等，整个世界都在为平等和多样的未来做积极的努力。

我是来自土耳其的 Levent Özkan。

我最大的梦想是要追随心中所爱。我认为实现梦想的第一步就是找到你所热爱的，我在努力写小说，成为一个小说家，发掘新事物，度过快乐的一生。

土耳其现在面临着许多问题，比如叙利亚、阿富汗和伊拉克带来的难民危机，还有一些经济和社会问题。我认为现在的土耳其人民都渴望和平与宁静，他们想要一个和平的国度，大家生活在一起，紧密相连。

世界也是如此，人们在追求快乐，追求爱，追求平等，整个世界都在为平等和多样的未来做积极的努力。

我认为中国的影响巨大。中国文化底蕴深厚，我很喜欢。通过你们的努力，中国现在已经成为世界上最大的经济体之一，我们也能从中受益，去从事一些工作，得到一些社会关注。你们的影响渗透了社会、金融领域以及传统领域。

祝中国生日快乐，感谢你们邀请我来中国，中国很美，希望大家都能实现自己的愿望！

延伸阅读：

土耳其共和国（The Republic of Turkey），简称土耳其，是一个横跨欧亚两洲的国家，面积 78.36 万平方公里，其中 97% 位于亚洲的小亚细亚半岛，3% 位于欧洲的巴尔干半岛。人口 8200 万（2018 年），土耳其族占 80% 以上，库尔德族约占 15%。土耳其语为国语。土耳其因而是连接欧亚的十字路口，地理位置和地缘政治战略意义极为重要。

2015 年 11 月，中土两国签署了政府间共同推进“一带一路”建设谅解备忘录，土耳其正式加入“一带一路”。此后，两国在贸易、投资、科技、能源、基础设施等领域的合作蓬勃开展。2018 年 10 月，中车株洲电力机车有限公司与土耳其伊斯坦布尔市政府签订合同，向后者出口 5 亿美元的轻轨车辆。这是中国高端轨道交通装备进入伊斯坦布尔的第一单，也是中土“一带一路”合作重要成果。土耳其还提出“中间走廊”计划，并将同“一带一路”倡议进行对接，推动中土合作进一步深化，让更多企业和民众从中获得实惠。

◆ Kavina Ragoo

让年轻人清楚自己的重要性

——Mauritius（毛里求斯）：Kavina Ragoo

未来的世界人口数量将激增，到本世纪中叶，我觉得全球人口会增加到 90 亿左右，所以我们也会消耗更多资源，人类会进入一个技术高度发展的时期，同时生活的复杂性也会增加。

我是来自毛里求斯的 Kavina Ragoo。

我的国家是一个多种族国家，有印度教徒、华人群体、伊斯兰和基督信徒。我们是一个混合体，但很和谐。在我的国家不存在种族歧视问题，这样很好，有助于国家的健康发展。在毛里求斯还有唐人街，我们也会庆祝中国的各种节日，比如春节。其他群体的特定节日，我们也会加入他们的庆祝活动。这是最棒的一点。

我的梦想是让年轻人都接受教育，使他们清楚自己的重要性。

未来的世界，人口数量将激增，到本世纪中叶，我觉得全球人口会增加到 90 亿左右，所以我们也会消耗更多资源，人类会进入一个技术高度发展的时期，同时生活的复杂性也会增加。

中国拥有巨大的国际影响力，也在致力于可持续发展的探究。我们在中国参观了一个项目管理中心，他们正在进行保护生态的可持续性产品研发，以防治环境污染和全球变暖，我认为他们做得很对。相信有了更多的支持，中国可持续发展的探索也将成果丰硕。

祝新中国生日快乐！

延伸阅读：

毛里求斯共和国（The Republic of Mauritius），位于印度洋西南方，距马达加斯加约 800 公里，与非洲大陆相距 2200 公里。首都为路易港。整个国土由毛里求斯岛和其他小群岛组成，面积达 2040 平方公里（包括属岛面积 175 平方公里）。人口约 126.5 万。居民主要由印度和巴基斯坦裔、克里奥尔人（欧洲人和非洲人混血）、华裔和欧洲裔组成。官方语言为英语，法语亦普遍使用，克里奥尔语为当地人最普遍使用的语言。居民中 51% 信奉印度教，31.3% 信奉基督教，16.6% 信奉伊斯兰教，另有少数人信奉佛教。

中毛于 2017 年 12 月正式启动自贸协定谈判。2018 年 9 月 2 日，中毛签署了《中华人民共和国商务部与毛里求斯共和国外交、地区一体化和国际贸易部关于结束中国毛里求斯自由贸易协定谈判的谅解备忘录》，宣布谈判正式结束。谈判实现了“全面、高水平、互惠”的目标，范围涵盖货物贸易、服务贸易、投资、经济合作等众多领域。协定的达成不仅将为深化中毛双边经贸关系提供更强有力的制度性保障，还将赋予中非全面战略合作伙伴关系以全新的形式和内容，推动我国与非洲国家形成更加紧密的利益共同体和命运共同体，更好促进“一带一路”倡议对接非洲经济一体化进程。

◆ Waleed Al-ward

我希望年轻人努力保护我们的遗产

——Yemen（也门）：Waleed Al-ward

我希望世界可以更安全，社会更加公平，也期待着联合国 2030 可持续发展目标的实现。

我是来自也门的 Waleed Al-ward。

作为一个也门的艺术爱好者，我想要为也门青年提供一个交流平台，让他们有机会在艺术领域学习更多经验，为也门的艺术家们提供一个聚集地，向他们提供所需要的教育资源，帮助他们塑造我们的国家形象。

也门的首都萨那是一个古老的城市，联合国教科文组织称它为世界上最古老的五个城市之一，但人们对也门或者萨那的形象却很模糊，我们至今没有一本介绍也门概况的书籍，所以年轻人需要努力，去支持我们的国家，保护我们的遗产，这是我目前的愿望，去做这些努力。

我希望世界可以更安全，社会更加公平，也期待着联合国 2030 可持续发展目标的实现。

我认为文化交流以及文化多样性对世界各国的发展非常重要，我觉得中国可以创造更多文化交流、介绍文化多样性的机会。我注意到很多国家也都在关心这一方面的内容，也分享了很多经验。

祝愿中国生日快乐！期盼你能一如既往的出色。

延伸阅读：

也门共和国（Yemen Republic），位于阿拉伯半岛西南端。与沙特、阿曼相邻，濒红海、亚丁湾和阿拉伯海。1990 年 5 月由阿拉伯也门共和国（北也门）和也门民主人民共和国（南也门）合并组成。首都为萨那。国土面积 52.8 万平方公里。人口约 2758 万。绝大多数是阿拉伯人，官方语言为阿拉伯语。伊斯兰教为国教，什叶派占 20%—25%，逊尼派占 75%—80%。

2019 年 4 月 25 日至 27 日，中国在北京主办第二届“一带一路”国际合作高峰论坛。作为此次峰会成果之一，中国政府与也门政府签署共建“一带一路”谅解备忘录。也门经济长期受到战乱的严重影响，在局势逐渐趋于平稳后，“一带一路”带来的投资对于也门经济的恢复和开发将起到积极的作用。

我期待一个美好的世界

——South Africa（南非）: Kitso Rantao

◆ Kitso Rantao

我期待一个美好的世界，在那里，每个人都能感受和学习到历史文化，并且拥有去做自己的自由。这是一个有些抽象的梦想，但是它承载了让人们在世界上能生活得更好这一愿望。

我是来自南非的 Kitso Rantao。

我期待一个美好的世界，在那里，每个人都能感受和学习到历史文化，并且拥有去做自己的自由。这是一个有些抽象的梦想，但是它承载了让人们在世界上能生活得更好这一愿望。

南非人民都希望生活在更好的地方，希望南非在世界文化遗产和世界经济方面发挥更大作用。当谈论到文化遗产保护问题时，学习中国是如何保护他们的文化遗产是很有必要的。如果你在中国旅游你会发现，无论在哪里看到的千年古迹或者古建筑，物质的或者非物质的，都保存得很好。

文化之间能相互融合，我们要保存我们已经拥有的，记录正在发生的，将其延续下去，那对于我们的后代而言也将是文化遗产。

我想祝贺中国的巨大发展，祝贺其成为一个重要的全球参与者。我很高兴来到中国参与交流。我想为中国送上祝福，希望中国继续成长、保持强大、繁荣昌盛。

延伸阅读：

南非共和国（The Republic of South Africa），地处南半球，位于非洲大陆的最南端，东濒印度洋，西临大西洋，北邻纳米比亚、博茨瓦纳、津巴布韦、莫桑比克和斯威士兰，另有莱索托为南非领土所包围。南非有3座首都：比勒陀利亚为行政首都；开普敦为立法首都；布隆方丹为司法首都。国土面积121.9万平方公里。南非人口数为5778万（2018年）。其中分黑人、有色人、白人和亚裔四大种族，有11种官方语言，英语和阿非利卡语为通用语言。约80%的人口信仰基督教，其余信仰原始宗教、伊斯兰教、印度教等。

2018年9月，中非合作论坛北京峰会召开，中国与包括南非在内的37个非洲国家签署了共建“一带一路”谅解备忘录。2019年6月，国家主席习近平在大阪会见南非总统拉马福萨。双方表示要将“一带一路”倡议同南非政府未来五年行动计划对接，深化产能、基础设施建设、人力资源开发、数字经济、高新技术等领域合作，推动中南两国共同发展。

◆ Gorana Sekulić

尽我所能去保护和推广世界遗产

——Bosnia and Herzegovina（波黑）: Gorana Sekulić

我希望世界变得和平、包容和友善，我认为通过相互合作和理解，我们能实现这一目标。合作和理解也会拉近人们的距离，让不同文化紧密相连。

我是来自波斯尼亚的 Gorana Sekulić。

我唯一的梦想就是致力于文化遗产的保护工作，尽我所能去保护和推广世界遗产。

我也希望世界变得和平、包容和友善，我认为通过相互合作和理解，我们能实现这一目标。合作和理解也会拉近人们的距离，让不同文化紧密相连。

我认为中国（在这方面）已经做了很多，我希望中国能继续保持。组织更多国际论坛，将年轻人聚集到一起，让他们彼此倾听，讨论文化遗产相关话题。

中国，祝你生日快乐，祝你永远繁荣昌盛。

延伸阅读：

波斯尼亚和黑塞哥维纳（Bosnia and Herzegovina），简称“波黑”。位于巴尔干半岛中西部。南、西、北三面与克罗地亚毗连，东与塞尔维亚、黑山为邻。首都为萨拉热窝。国土总面积 5.12 万平方公里。人口数为 332 万人（2018 年），其中波黑联邦占 62.5%，塞尔维亚族共和国占 37.5%。官方语言为波什尼亚语、塞尔维亚语和克罗地亚语。

2017 年 5 月 14 日至 15 日，中国在北京主办“一带一路”国际合作高峰论坛，作为论坛成果之一，中国与波黑签署了政府间“一带一路”合作谅解备忘录。

随后，两国间的各领域合作陆续推进。2018 年 2 月，由中国天津职业技术师范大学与巴尼亚卢卡大学合作建设的波黑巴尼亚卢卡大学孔子学院揭牌。同年 11 月，波黑有关部门与中国华为公司签署合作文件，旨在利用华为领先的信息通信技术，促进波黑建设智慧城市。

我想要艺术永存于世界

——Singapore（新加坡）: Pek Nan, John Tan

◆ Pek Nan, John Tan

我有一个简单的梦想。我想要艺术永存于世界。正在奋斗的年轻人需要记住，世界会更好。

我是来自新加坡的 Pek Nan，John Tan。

我有一个简单的梦想。我想要艺术永存于世界。因为当我回忆这些年来经历过的困难，我总会想起一些电影，比如中国的《流浪地球》《功夫熊猫》和《海底总动员》。这些电影给了我很多鼓舞，我希望它们同样能给予世界上其他人这样的鼓舞。正在奋斗的年轻人需要记住，世界会更好。

我未来想要为从事创意艺术行业的人们提供可持续的支持，他们有的是画家，有的是制作人，他们需要资金或者市场等资源，我希望可以一直帮助他们，提供基础的技能，让他们可以做到最好。

我觉得中国有很多资源。在过去的几天里，我看到了中国技术所能达到的高度。有了这些资源，加上中国人热衷合作，我觉得中国能为世界、为不同生产者和创造者提供许多帮助。作为一个在中国帮助下进入北京大学学习的人，我很高兴，也很荣幸成为这个国家中的一员。

中国，祝你生日快乐，我相信你的发展可以更上一层楼。重要的是，继续用心去发展，我认为这是我们在创意艺术领域所做的，也是中国可以继续去做的。

延伸阅读：

新加坡共和国（Republic of Singapore），位于马来半岛南端、马六甲海峡出入口，北隔柔佛海峡与马来西亚相邻，南隔新加坡海峡与印度尼西亚相望。首都为新加坡。国土面积为 719.1 平方公里，总人口 564 万（截至 2018 年 6 月），公民和永久居民 399 万人。华人占 75% 左右，其余为马来人、印度人和其他种族。马来语为国语，英语为行政用语。

2017 年 5 月，中国与新加坡签署了政府间“一带一路”合作谅解备忘录。2019 年 4 月，国家主席习近平在会见新加坡总理李显龙时指出，中新是共建“一带一路”的天然伙伴。新加坡积极支持和参与共建“一带一路”，在这一框架内的合作起步早、起点高、格局大，为新时期两国关系发展提供了新动力，也为沿线国家高质量、高水平共建“一带一路”发挥了示范作用。

希望世界文化保持多样性

——China（中国）：刘洋洋

◆ 刘洋洋

我对这个世界的愿望，是希望世界文化能保持多样性，不同文化间能相互借鉴并交融。

从世界到中国——发展与梦想

我曾在湖南一个偏远地区的扶贫办公室实习，那里的人们生活得很辛苦，缺少谋生的方法。我的工作是教他们如何找到自己擅长的领域，为他们实现自力更生提供帮助，比如投资小龙虾养殖产业，帮他们举办美食节，促进旅游发展，等等。实习结束后，我便下决心要去政府或者国际组织工作，去帮助有需要的人们，这就是我的理想。

我对这个世界的愿望，是希望世界文化能保持多样性，不同文化间能相互借鉴并交融。

我认为中国可以向世界分享很多文化遗产保护与发展的经验，比如北京的故宫博物院，它通过和一些企业合作，推出文化创意产品，像年轻女孩们喜欢的口红，还有特别设计的清朝官帽形状的雨伞等；它还推出了线上数字博物馆和官方网站，制作视频游戏，运用 VR 等技术，让人们能看到平时不对外开放的区域；再者，故宫博物院结合文化产业，推出纪录片和真人秀，邀请当红明星到故宫游览。年轻人最初可能是冲着明星去看这些节目，但他们会渐渐发现，故宫文化非常值得品味，也由此对这些文化产生了兴趣，我认为故宫博物院向世界展示了发扬文化遗产的好例子。

青年一代有理想，有信念，有担当，国家就有前途，民族就有希望。作为一名中国人，我感到很骄傲。

我希望世界更加包容

——China（中国）：高飞

◆ 高飞

我去过很多省份，发现中国文化非常多样和美丽，未来我想成为一名老师，激励更多的人爱上我们的中华文化。

我想要成为一名大学老师。我去过很多省份，发现中国文化非常多样和美丽，未来我想成为一名老师，激励更多的人爱上我们的中华文化。

我希望世界更加包容，充满多样性。

今年是祖国 70 周岁生日，我衷心地祝愿我的祖国繁荣昌盛！

◆ Muhammad Afif

我想要看到一个和平的世界

——Indonesia（印度尼西亚）：Muhammad Afif

我想要成为一个简单有用的人，为未来尽我所能即可。我不想成为明星或大人物，我只想简单地生活，懂得为他人着想，用自己的能力和知识让生活更美好。

我是来自印度尼西亚的 Muhammad Afif。

我想要成为一个简单有用的人，为未来尽我所能即可。我不想成为明星或大人物，我只想简单地生活，懂得为他人着想，用自己的能力和知识让生活更美好。

未来我想要看到一个和平的世界，我不愿意世界发生战争，就像现在的中东和我的国家一样。过去在印度尼西亚的不同地区发生过很多社会运动，非常糟糕。通过文化交流，我们可以互相关爱、互相理解，这样才能建立一个和平的世界。

中国拥有优秀的历史，历史上的中国同周边国家都建立了很好的关系，我觉得中国可以帮助其他国家成为一个平等的国度，我们在很多议题上都有着相同的立场。

今年是新中国 70 岁生日，希望中国一切都好，与更多国家建立友好关系。

我希望年轻人自信自立

——Nepal（尼泊尔）：Sushil Adhikari

◆ Sushil Adhikari

我想要鼓励尼泊尔的年轻人，让他们独立、自信、自立。我希望世界未来会变得更好。

我是来自尼泊尔的 Sushil Adhikari。

我想要鼓励尼泊尔的年轻人，让他们独立、自信、自立。

我希望世界未来会变得更好。

中国是尼泊尔最优秀的发展伙伴之一，中国应该帮助像尼泊尔一样的发展中国家实现可持续发展目标，落实可持续发展议程。帮助他们将想法付诸实践，将想象力变为创新成果。

我祝福中国生日快乐。希望中国经济不断提升，发展到更高层次。

延伸阅读：

尼泊尔（Nepal），位于喜马拉雅山南麓，北邻中国，其余三面与印度接壤，为内陆山国。首都为加德满都。国土面积 147181 平方公里。总人口约 2809 万（2018 年）。尼泊尔语为国语，上层社会通用英语。国内多民族、多宗教、多种姓、多语言。居民中有 86.2%信奉印度教。

2017 年 5 月，中国与尼泊尔签署了政府间“一带一路”合作谅解备忘录，此后两国间合作积极开展。2019 年 5 月，中国企业承建的尼泊尔中部光缆骨干网项目在尼泊尔中部达丁县正式动工，尼泊尔总理奥利在动工典礼上致辞说，这一项目将主要沿尼泊尔中部山区高速公路铺设光缆，是尼泊尔全境信息高速公路的一部分，将为尼泊尔的现代化作出积极贡献。

◆ 冯叶

我想了解别国文化，也传播中国文化

——China（中国）：冯叶

世界各国的文化会有很多差异，也会有很多相似之处。不同文化之间是相互吸引、相互影响的。在未来，我要成为一名优秀的翻译，去了解别国文化，也传播中国文化。

我想要成为一名优秀的翻译。翻译就像一座连接世界的桥梁，让我有机会结识世界各国的人。你会发现世界各国的文化会有很多差异，也会有很多相似之处。不同文化之间是相互吸引、相互影响的。在未来，我要成为一名优秀的翻译，去了解别国文化，也会传播中国文化。

尽管还有战争、灾难、资源分配不均等问题存在，但是大家仍在努力构建一个和谐的世界。以中国为例，中国提出了许多倡议，将世界各地的人聚到一起，相互合作。我认为，在未来，世界会更加包容，不同文化之间将学会彼此尊重，人与人之间相互交流，互学互鉴，他们会发现，世界的本质是多样性的，一个多彩的世界以多样性为基础。

中国已经为此付出了很多努力，举办了很多活动，提出了很多倡议，比如“一带一路”倡议，这些活动和倡议都为不同文化合作互鉴提供了平台。中国在尊重和保护文化遗产方面成就巨大，中国有 56 个民族，民族与民族之间和谐共处。所以在中国，我们知道如何去保护多样性，中国在维护世界多样性方面的角色是不可或缺的。

中国，我为你骄傲，看到你为建设更美好的世界所付出的努力，我更加感到自豪。相信未来会做得更好！

让世界各国的人平等享有机会

——Bahamas（巴哈马）：Jamaal Rolle

◆ Jamaal Rolle

我想让这个世界变得更好，我们生活在同一个世界，也有一个共同的梦想，那就是让世界各地的人们能平等享有机会。

我是来自巴哈马的 Jamaal Rolle。

我想让这个世界变得更好，我们生活在同一个世界，也有一个共同的梦想，那就是让世界各地的人们能平等享有机会。

目前中国已经帮助了许多国家，中国把自己的优秀文化和技术带给世界，让世界变得更好，我希望中国能继续这样做下去。

祝新中国 70 岁生日快乐，你已经发展成一个如此美丽的国家，希望你能继续保持，让世界变得更好。如果你是中国人，你应该为自己感到自豪。

延伸阅读：

巴哈马（Commonwealth of the Bahamas），位于美国佛罗里达州以东，古巴和加勒比海以北，佛罗里达州东南海岸对面，古巴北侧。首都为拿骚。陆地面积 13878 平方公里，由 700 多个岛屿（其中 30 个岛有人居住）及 2400 多个珊瑚礁组成，国土总面积（含水域）25.9 万平方公里。2017 年，巴哈马有人口 37.2 万，其中黑人占 90.6%，欧美白人后裔占 4.7%，混血种人占 2.1%。官方语言为英语。多数居民信奉基督教。

虽然巴哈马尚未加入“一带一路”协议，但是已有中国企业践行“一带一路”倡议的项目在巴哈马进行：中建美国公司正在拿骚市中心打造一个新的顶级滨海生活娱乐综合体。由于当前巴方急需改善升级基础设施，而中方在这一领域拥有技术和经验，依托“一带一路”国际合作平台，中巴合作前景广阔。

◆ Paul-Robert Pryce

我希望世界和平有爱

——Trinidad and Tobago（特立尼达和多巴哥）：Paul-Robert Pryce

我希望拥有一个和平有爱、求同存异的世界。细心观察你会发现，不同文化背景的人们其实有许多相似之处。所以，我认为在未来人们可以求同存异。

我是来自特立尼达和多巴哥的 Paul-Robert Pryce。

我的梦想是成为在加勒比（文化）改革的引领者，推动加勒比的艺术家、企业家以及思想家同世界交流加勒比文化，让世界更加了解加勒比地区。

我希望拥有一个和平有爱、求同存异的世界。细心观察你会发现，不同文化背景的人们其实有许多相似之处。所以，我认为在未来人们可以求同存异。

特立尼达和多巴哥人民希望能更多地融入到这个世界中，能与不同的国家交换思想，邀请其他国家的人到我们这做客。成为这个世界的一部分，并能分享（我们所拥有的）一切。

中国生日快乐，希望你一切都好。我一定还会再来中国，并带上我在加勒比的兄弟姐妹。

责任编辑：洪　琼

图书在版编目（CIP）数据

从世界到中国：发展与梦想：视频书／中国外文局融媒体中心 编．—北京：人民出版社，2020.12

ISBN 978－7－01－021575－4

I. ①从…　II. ①中…　III. ①访问记－作品集－中国－当代　IV. ① I253

中国版本图书馆 CIP 数据核字（2019）第 278663 号

从世界到中国

CONG SHIJIE DAO ZHONGGUO

——发展与梦想（视频书）

中国外文局融媒体中心　编

人民出版社 出版发行

（100706　北京市东城区隆福寺街 99 号）

北京汇林印务有限公司印刷　新华书店经销

2020 年 12 月第 1 版　2020 年 12 月北京第 1 次印刷

开本：710 毫米 ×1000 毫米 1/16　印张：10.5

字数：160 千字

ISBN 978－7－01－021575－4　定价：59.00 元

邮购地址 100706　北京市东城区隆福寺街 99 号

人民东方图书销售中心　电话：（010）65250042　65289539